Le fils caché d'un Sicilien

MICHELLE SMART

Le fils caché d'un Sicilien

Traduction française de
MARGUERITE GUILLEMET

AZUR

HARLEQUIN

Collection : Azur

Titre original :
HER SICILIAN BABY REVELATION

HARPERCOLLINS FRANCE
83-85, boulevard Vincent-Auriol, 75646 PARIS CEDEX 13
Service Lectrices — Tél. : 01 45 82 47 47

www.harlequin.fr

ISBN 978-2-2804-4073-8 — ISSN 0993-4448

Prologue

Orla O'Reilly essuya les larmes qui baignaient ses joues. Hors de question de faire une scène, pour couronner le tout !

Elle était arrivée en Sicile dix jours plus tôt, décidée à retrouver l'homme que sa mère avait toujours appelé son « géniteur ». Désormais, elle savait que le qualificatif était généreux. Son père, revenu d'un voyage d'affaires le matin même, avait refusé de la voir. Il n'avait aucune envie de rencontrer sa fille de vingt-trois ans.

Elle ne s'était pas attendue à un accueil chaleureux, bien sûr, mais un rejet aussi définitif… C'était douloureux. Vraiment douloureux. Elle voulait retrouver les bras solides de Tonino et l'écouter murmurer à son oreille que tout irait bien. Il la serrerait dans ses bras et effacerait la souffrance. Ce voyage en Sicile n'avait pas eu que des mauvais côtés : elle avait rencontré l'homme de ses rêves, après tout.

Lorsqu'elle était arrivée à son petit hôtel de seconde zone, dix jours plus tôt, elle avait été choquée par l'état de sa chambre. Les draps étaient tachés et froissés, la moquette, encore collante sous ses semelles, et la salle de bains… Il valait mieux ne pas parler de la salle de bains.

Elle était immédiatement redescendue à la réception. Plantée dans le hall, elle avait attendu exactement six minutes avant qu'une haute silhouette n'apparaisse derrière le bureau. Et elle avait levé les yeux sur l'homme le plus sexy qu'elle avait jamais vu.

Avant de rencontrer Tonino, elle n'avait jamais compris le concept du coup de foudre. Mais ce jour-là…

À son retour, plus tard dans la journée, après que sa première tentative de rencontrer son père se fut soldée par un échec puisque ce dernier était en voyage, elle avait trouvé sa chambre non seulement désinfectée mais réaménagée. On avait installé de nouveaux meubles et même changé la moquette. Son humeur mélancolique s'était évaporée lorsque le magnifique gérant avait frappé à sa porte pour lui proposer de prendre un café le lendemain matin.

Et les jours suivants avaient été les plus excitants, les plus merveilleux de sa vie. Chaque heure passée avec Tonino l'avait emplie d'optimisme. Dans le bonheur de son idylle, elle s'était prise à rêver d'une rencontre grandiose avec son père, digne d'un film hollywoodien, saupoudré de beaux discours, de larmes et d'étreintes émues. Mais il avait brisé ses espoirs en un clin d'œil – juste le temps que sa femme de ménage traverse la maison et revienne informer Orla qu'il ne voulait pas la rencontrer.

Mais peu importait. Il avait fait son choix. Elle devait laisser cette déception derrière elle. Se concentrer sur Tonino. L'homme qui l'avait éveillée à l'amour et lui avait volé son cœur.

Elle aurait voulu lui parler de son père, lui avouer pourquoi elle était venue en Sicile, mais elle avait honte d'être la fille d'un des play-boys les plus célèbres du pays ; l'enfant d'un adultère. Elle avait passé sa vie à se protéger des relations trop intenses. Elle n'avait jamais eu confiance qu'en sa sœur, Aislin, et leurs grands-parents. Aujourd'hui, il ne lui restait qu'Aislin…

Jusqu'à ce qu'elle rencontre Tonino.

Elle était prête à lui confier ses secrets. Il comprendrait. Il la rassurerait. Il lui offrirait le soutien dont elle avait toujours rêvé mais qu'elle n'avait jamais osé espérer.

Ce matin-là, dans leur lit, Tonino lui avait caressé la joue et promis qu'ils parleraient à son retour. Il avait quitté leur chambre sur un baiser brûlant, et dans ses yeux elle avait lu la gravité de sa promesse. Même la déception de la journée ne pouvait étouffer son excitation. L'espoir d'un avenir commun lui donnait le vertige ; pour la première fois de sa vie, elle envisageait un futur où l'amour avait sa place…

Le chauffeur de taxi s'arrêta devant son hôtel, derrière une limousine détonnant dans ce quartier modeste. Orla claqua la portière. Elle allait prendre un bain et attendre le retour de Tonino. Il était parti en Toscane pour la journée – c'était la première fois qu'ils étaient séparés plus de quelques heures. Elle avait eu la chance de le rencontrer à la veille de ses vacances, et il avait passé tout son temps avec elle.

— *Permesso.*

Une sublime blonde aux yeux de chat s'interposa entre Orla et l'ascenseur. Orla leva les mains et tenta de la contourner, mais l'inconnue pivota avec elle.

— Est-ce que je peux vous aider ?

D'après ses vêtements luxueux et la perfection de sa coiffure et de son maquillage, la blonde devait être la propriétaire de la limousine. Elle arqua un sourcil parfaitement épilé.

— Anglaise ?

— Irlandaise.

— J'ai quelque chose à dire.

Orla fronça le nez, agacée, et tenta une nouvelle fois d'accéder à l'ascenseur ; mais l'inconnue asséna sa sentence fatidique :

— C'est au sujet de Tonino Valente.

Orla sentit la chair de poule hérisser sa nuque.

— Oui ?

La blonde leva la main gauche et montra son annulaire. Un énorme diamant ornait son doigt délicat.

— Je suis Sophia. La fiancée de Tonino.

Vingt minutes plus tard, les deux femmes s'étaient installées dans la chambre d'Orla ; Sophia élégamment perchée dans l'unique fauteuil, et Orla assise sur la moquette, au bord de la nausée. Autour d'elle, elle avait étalé les photos que Sophia lui avait apportées. Tonino et Sophia. Des séances photo sur papier glacé. Orla ne comprenait pas l'italien, mais la traduction des gros titres n'était pas nécessaire. Tonino et

Sophia s'étaient fiancés deux mois plus tôt, et la presse en avait fait des gorges chaudes.

— Je suis désolée, susurrait Sophia. Tonino s'est moqué de toi. Il t'a menti. Tu es une distraction pour lui. *Sì ?*

Orla s'aperçut soudain qu'elle pleurait en silence.

— C'est pour cela que je suis venue. Je veux te prévenir. Tonino m'aime. Nous allons nous marier.

Le ton de Sophia était impérieux, mais Orla n'y prêta pas attention. Voilà ce que Tonino avait eu l'intention de lui dire à son retour ! Quelle idiote ! Elle s'était imaginé un futur commun, et…

Sa main tremblait lorsqu'elle attrapa un des magazines ouverts. Un reportage de vingt photos relatait la luxueuse soirée de leurs fiançailles. Pourquoi la presse people s'intéressait-elle à un simple gérant d'hôtel, et comment avait-il pu s'offrir une célébration de cette envergure ? L'estomac retourné, elle attrapa son portable et entra le nom de Tonino dans le moteur de recherche. Elle passa de lien en lien pendant une dizaine de minutes, abasourdie.

Les mensonges de Tonino ne se cantonnaient pas à ses fiançailles. Oh ! il n'était pas un « simple gérant d'hôtel » : cet établissement n'était qu'un infime maillon de son vaste empire. Il était le seul héritier de Valente Holdings, une chaîne de palaces établis partout en Europe. Tonino, dont les investissements personnels dans diverses start-up s'étaient soldés par d'immenses bénéfices, était riche comme Crésus.

L'homme à qui elle avait ouvert son cœur, à qui elle avait voulu offrir son avenir… était un menteur. Infidèle et tout-puissant. Son grand-père était un des plus grands juges de Sicile. Sa mère, une grande avocate pénale. Son père, un politicien important.

Ses recherches lui révélèrent aussi le nom de la déesse en tailleur hors de prix qui lui faisait face. Sophia Messina. L'enfant chérie d'une famille tout aussi importante et influente que les Valente. Elle leva les yeux et soutint le regard glacial de Sophia.

— Je suis désolée. Je ne savais pas.

— Maintenant que tu sais… tu pars ?

La question déguisait mal ses menaces sous-jacentes ; mais Orla n'avait pas l'intention de se battre.

— Oui.

Elle inspira profondément et attrapa sa valise sans hésiter.

— Oui, je pars.

1.

Quatre ans plus tard

Orla fit claquer sa langue.

— Arrête de gigoter, tu veux ?

Comment était-elle censée fermer la robe de mariée de sa sœur quand celle-ci sautillait littéralement sur place ?

— J'essaie ! s'offusqua Aislin.

— Les boutons sont minuscules. Inspire ?

Aislin retint son souffle. Orla parvint à attacher le second crochet. Parfait. Plus qu'une… quinzaine.

— Tu es sûre de ne pas vouloir porter de soutien-gorge ?

— C'est une robe bustier, Orla.

— Porte un soutien-gorge sans bretelles. Qu'est-ce que tu vas faire si la robe glisse et que tu te retrouves à moitié nue devant toute la haute société sicilienne ?

Si elle enviait quelque chose à sa sœur, c'était sa poitrine voluptueuse. Elle n'avait pas hérité des mêmes atouts.

— Elle est faite sur mesure ; elle ne risque pas de glisser.

Elle accrocha le troisième fermoir.

— Je ne comprends pas pourquoi tu n'as pas laissé la styliste te l'attacher.

— Elle viendra si nous avons besoin d'aide.

— Mais elle est habituée. Ses doigts fonctionnent. Les miens ne servent à rien !

Quatrième fermoir. Elle poussa un soupir d'épuisement.

— Oh ! détends-toi. On dirait que c'est toi qui vas te marier !

— Tu n'es pas nerveuse ?

— Absolument pas.

Dans le reflet du miroir, sa sœur lui lança un immense sourire. Oh ! elle avait de bonnes raisons de rayonner de bonheur : un mois plus tôt, elle avait appris qu'elle était enceinte, et aujourd'hui elle épousait l'homme de sa vie. Orla était folle de joie pour sa sœur et Dante ; elle aurait simplement préféré qu'ils se marient en Irlande plutôt qu'en Sicile. La détérioration de sa coordination découlait de son angoisse croissante, elle en était certaine. Son cœur battait la chamade, et sa nervosité n'avait pas cessé de la torturer, ces dernières semaines. Et, maintenant qu'elle était arrivée en Italie, un étrange pressentiment ne cessait de la tarauder…

Elle n'était pas revenue en Italie depuis près de quatre ans, lorsqu'elle s'était offert quelques semaines en Sicile dans l'espoir puéril de rencontrer son père. Un accident de voiture, six mois après son retour en Irlande, lui avait arraché une partie de ses souvenirs. Le temps avait réparé ses blessures, mais les semaines passées en Sicile et les mois précédant l'accident ne lui étaient jamais revenus.

Elle savait qu'elle n'avait pas rencontré son père parce qu'Aislin le lui avait dit, et qu'à chaque fois qu'elle songeait à Salvatore Moncada ses yeux se brouillaient. Elle avait pleuré pendant des heures lorsqu'elle avait appris sa mort, un an plus tôt ; et, à travers ses larmes, elle avait eu l'impression étrange qu'elle ne faisait pas seulement le deuil d'un père inconnu. Elle s'était consolée en songeant qu'elle y avait gagné un frère : le fils de Salvatore, techniquement son demi-frère, Dante Moncada. Aislin aussi était sa demi-sœur, puisqu'elles n'avaient pas le même père. C'était Aislin qui était partie à la recherche de Dante pour Orla, et ils étaient tombés amoureux l'un de l'autre. Orla ne connaissait Dante que depuis quelques mois, mais il semblait avoir toujours fait partie de leur petite famille.

Le téléphone d'Aislin vibra sur la table.

— Tu peux me le passer ?

— D'accord, mais ne bouge pas. Si ces fermoirs s'ouvrent, j'abandonne.

Elle lui tendit son portable avant de reprendre sa besogne.

— C'est un message de notre chère mère, railla Aislin.

Les doigts gourds d'Orla glissèrent sur les crochets délicats de la robe.

— Que veut-elle, cette fois ?

— Me souhaiter bonne chance, dit sa sœur en ricanant. Quelle générosité.

— Allons, allons, tu sais que ce n'est pas facile de sauter dans un avion pour assister au mariage de sa plus jeune fille.

— C'est vrai. Surtout quand le fiancé de ladite fille a proposé de lui prêter son jet privé pour faciliter la traversée.

— Sans compter qu'elle ne nous a pas vues depuis quoi... Sept ans ? Ne lui en demande pas trop.

— N'oublie pas qu'elle n'a même pas rencontré son seul petit-fils.

Finn, le fils d'Orla, dormait dans une des chambres de la suite sous l'œil d'une infirmière ; à trois ans, il n'avait jamais vu sa grand-mère. Elle croisa le regard d'Aislin dans le miroir et elles éclatèrent de rire à l'unisson. Il valait mieux en rire qu'en pleurer, n'est-ce pas ?

— J'imagine que je devrais être reconnaissante. Elle s'en est souvenue, au moins.

— Oh ! oui. Un peu de gratitude, Aislin.

Elle lâcha un petit rire avant de poursuivre :

— Personnellement, je ne suis pas sûre de vouloir rencontrer la mère de Dante.

C'était sa conception qui avait entraîné le divorce des parents de Dante, vingt-sept ans plus tôt.

— Ne t'inquiète pas, elle sait que ce n'est pas ta faute.

— Mais elle a l'air terrifiante. Est-ce qu'elle est déjà arrivée ?

Ils étaient tous installés dans le magnifique hôtel de luxe perché sur une falaise surplombant la mer Tyrrhénienne.

— Non, elle nous retrouve à la cathédrale avec Giuseppe.

Giuseppe était le dernier beau-père de Dante et le sixième mari d'Immacolata. Aislin se mit à gigoter dans sa robe.

— Allez, Orla, arrête de traîner !

Avant qu'Orla ne puisse rétorquer, un coup retentit à la

porte. Une seconde plus tard, un employé de l'hôtel entrait avec un magnifique bouquet de fleurs.

— Avec les compliments du propriétaire.

— Oh ! comme c'est gentil, s'exclama Aislin en battant des mains. Remerciez M. Valente pour moi, d'accord ?

Orla sursauta. *Valente ?* Frémissante, elle jeta un regard instinctif vers la porte qui cachait son fils endormi. Que se passait-il ? Elle tenta de reprendre son souffle. Après le départ du groom, Aislin haussa un sourcil.

— Tu as déjà rencontré le propriétaire de l'hôtel ?

— Je devrais ? s'enquit Orla, faussement nonchalante, alors même qu'un frisson glacé courait sur son échine.

Orla était arrivée la veille, mais Finn était épuisé, et ils avaient tous les deux préféré dîner dans leur suite. Quand Aislin les avait rejoints, ils dormaient déjà à poings fermés. Sa sœur s'était glissée dans le lit avec elle, comme elle le faisait quand elles étaient petites.

Aislin haussa les épaules, un éclat taquin dans les yeux.

— Tonino est un des meilleurs amis de Dante ; leurs pères étaient amis aussi, tu sais…

Le cœur serré, glacée d'angoisse, Orla sentit ses doigts se raidir. La pièce tournait autour d'elle…

— Aïe ! s'exclama Aislin.

Son exclamation ramena violemment Orla sur terre, et elle retira brusquement sa main crispée… en arrachant l'un des fermoirs de la robe du même coup.

Tonino Valente attendait devant la majestueuse entrée de la cathédrale. Le marié, Dante, était déjà posté devant l'autel, pâle comme un linge. Tonino se mordit les joues pour ne pas rire de son meilleur ami. Dante Moncada, le légendaire play-boy, dans ses petits souliers en attendant sa fiancée ! Qui l'aurait cru ? Parmi leurs amis, avec qui, des années plus tôt, il avait maintes fois fait le tour de Palerme sur sa Vespa colorée, Dante avait toujours été le plus indomptable. Il avait maintes fois juré qu'il ne se marierait jamais. Tonino s'était toujours vu fonder une famille, mais il était le dernier célibataire de la meute, aujourd'hui.

Il avait été fiancé. Il avait réservé la même cathédrale, avant que le destin ne bouleverse sa vie en plaçant sur sa route une sublime tentatrice irlandaise. Un regard échangé avait suffi à l'hypnotiser. Étrangement, Dante épousait une Irlandaise, lui aussi. Tonino ne l'avait croisée qu'une fois : une magnifique rouquine qui avait transformé son vieil ami en imbécile énamouré. De toute évidence, les Siciliens ne pouvaient résister au charme envoûtant des Celtes.

Mais sa propre idylle n'avait duré que quelques jours. Quelques jours d'une intensité indicible. Puis Orla avait disparu sans laisser de traces. Sans même lui dire au revoir. Elle avait fait ses valises et elle était partie. Elle avait bloqué son numéro. Sa cruauté l'avait laissé pantois. Et il n'arrivait pas à croire qu'il pensait encore à elle, quatre ans plus tard…

Il secoua la tête et sortit sur le parvis pour aider un jeune couple à porter un fauteuil roulant miniature, et le petit garçon assis dessus, jusqu'à l'entrée de la cathédrale.

— Vous êtes avec la mariée ? demanda-t-il en anglais lorsqu'ils entrèrent dans l'ombre bienfaisante de l'église.

Les placeurs avaient été prévenus que le neveu de la mariée avait des problèmes de mobilité. Ils lui avaient réservé une place au premier rang, mais un employé devrait attendre avec lui jusqu'à l'arrivée du cortège, car la mère du petit était aussi la demoiselle d'honneur. De toute évidence, c'était lui-même qui s'en chargerait. Il baissa les yeux vers le garçon, qui n'était qu'un bambin.

— Oui, je suis la cousine d'Aislin, Carmel, déclara la jeune femme avec un fort accent irlandais. Et voici mon mari, Danny. Ce jeune homme s'appelle Finn. Aislin et les autres vont bientôt arriver.

Avant toute chose, il voulait se présenter pour ne pas faire peur au petit. Il s'accroupit devant le fauteuil et lui sourit. Le garçon portait un petit costume assorti à celui du marié. Il avait des cheveux noirs, épais, et des grands yeux sombres… Des yeux qui, juste une seconde, le frappèrent en plein cœur. Il inspira profondément et força un sourire.

— Bonjour, Finn. Je m'appelle Tonino. C'est moi qui vais rester avec toi pendant que tu attends ta maman.

Finn le récompensa d'un immense sourire. Tonino se redressa et attrapa les poignées de la poussette-fauteuil pour remonter la large allée. Finn aperçut Dante près de l'autel et tendit les bras avec excitation. Dante sourit, les rejoignit et s'accroupit à son tour.

— Porter ! s'exclama Finn.

— Bientôt, promit Dante. D'abord, il faut que j'épouse tata Aislin.

— Et après, porter ?

— Bien sûr. Ne t'inquiète pas, Tonino va s'occuper de toi jusqu'à ce que ta maman arrive.

Dante embrassa le front de son neveu et ébouriffa ses cheveux sombres avant d'aller reprendre sa place.

Tonino était habitué aux enfants. Son frère en avait deux, sa sœur venait d'avoir son troisième. Même s'il était en fauteuil roulant, Finn n'aurait pas dû le fasciner ainsi, et pourtant… Il y avait quelque chose… Quelque chose de familier chez lui. Qui lui donnait la chair de poule.

— Quel âge as-tu, Finn ? demanda-t-il, la gorge sèche.

Finn fronça le front avant de lever trois doigts.

— Trois ans ?

Il lui aurait donné moins, mais Finn hocha la tête.

— Presque un homme, alors.

Les petites dents blanches étincelèrent une nouvelle fois. Une exclamation secoua l'assemblée derrière eux, et le petit garçon se tourna vers l'entrée de la cathédrale.

— Maman ! s'exclama-t-il.

Le cortège était arrivé.

La mariée et son père remontèrent l'allée fleurie, leurs visages illuminés d'un grand sourire identique. Derrière eux, deux adorables petites filles portaient la longue traîne vaporeuse. Elles encadraient une sylphide brune vêtue d'une robe rose, élégamment drapée sur son épaule. Le visage détourné, elle parlait à l'une des petites filles, et Tonino ne pouvait pas voir ses traits.

— Maman ! appela Finn à nouveau, cette fois assez fort pour que les nouveaux venus l'entendent.

Le sang rugissait dans les veines de Tonino et battait à ses tempes. Il aperçut enfin le visage de la demoiselle d'honneur, et son cœur se glaça dans sa poitrine.

Orla s'agrippa à la traîne d'Aislin comme si sa vie en dépendait, les genoux flageolants.

Tonino Valente. Le nom qu'elle avait tenté de retrouver pendant trois ans, en vain. Aislin avait prononcé les syllabes fatidiques sans savoir qu'elles seraient, pour sa sœur, une véritable révélation. Si Orla n'avait pas déchiré le fermoir de la robe, elle se serait peut-être évanouie sur-le-champ, mais la panique d'avoir abîmé une robe si luxueuse avait délayé le choc. L'agitation ambiante l'avait forcée à reprendre son sang-froid, au moins pour quelques heures. Elle avait dû partir en quête de la styliste et subir son sermon écœuré, puis accueillir les petites demoiselles d'honneur ainsi que le père d'Aislin… Dans le brouhaha et l'excitation environnants, elle s'était sermonnée en silence. C'était le plus beau jour de la vie de sa sœur. Aislin lui avait donné trois ans de sa vie. Orla ne s'en serait jamais sortie sans elle. Aislin s'était occupée de Finn pendant les dix-huit premiers mois de son existence, elle avait été la première à remarquer ses problèmes de développement ; et elle avait été auprès d'elle pour la soutenir chaque jour de sa rééducation.

Aislin était sa meilleure amie, son ange gardien, et elle se devait de la soutenir à son tour.

Une terreur glacée pulsait jusqu'au bout de ses doigts alors qu'elle remontait l'allée de l'église ; elle avait eu besoin de toute sa concentration pour se focaliser sur la traîne d'Aislin et surveiller les petites, qui faisaient maintenant signe à l'assemblée comme des princesses sur un chariot royal. Elle n'osait pas lever les yeux, de peur de croiser le regard brun qui hantait mystérieusement ses rêves.

Était-ce vraiment lui ? Était-il ici ?

Quatre ans avaient passé. Ils n'avaient partagé qu'une

nuit. Ou deux ? Ou trois ? Plus, peut-être ? Elle n'en savait rien. Sa mémoire était trop bancale, et tous les souvenirs de Tonino et de son séjour en Sicile restaient désespérément hors d'atteinte, noyés dans une brume opaque. Ils s'étaient rencontrés à son hôtel, n'est-ce pas ? Et elle se souvenait de son visage. Son très beau visage. Chaque fois qu'il lui revenait à l'esprit, son cœur ratait un battement, et une douleur lancinante lui nouait la gorge.

— Maman !

La voix de son fils perça le brouillard de son angoisse. Elle releva le visage vers le banc que les mariés leur avaient réservé, à elle et à Finn ; mais son sourire se figea sur ses lèvres.

Un homme magnifique était assis près de Finn. Brun, grand, il gardait ses yeux sombres fixés sur elle. Son estomac se retourna. Fiévreuse, les yeux brûlants, elle ne garda l'équilibre qu'à grand-peine. Elle ne remarqua pas que le père d'Aislin offrait la main de sa fille à son fiancé, ni que les deux petites demoiselles d'honneur l'abandonnaient pour aller s'asseoir ; elle ne se sentit pas pivoter pour rejoindre son fils à gauche de l'autel. Elle était simplement consumée par la fièvre qui venait de prendre possession de son corps et menaçait de la faire défaillir.

L'homme… L'homme qui s'était occupé de son fils était Tonino. Le père de Finn.

2.

La cérémonie n'était plus qu'un brouhaha distant. Machinalement, guidé par l'assemblée, Tonino se levait, puis se rasseyait, entonnait les hymnes, récitait les prières, mais toute son attention était focalisée sur Orla. Et sur son *fils*.

Un fils qui ressemblait comme deux gouttes d'eau à… lui-même sur ses photos d'enfance.

Incapable de maîtriser le rythme de son cœur, ou la direction de son regard, il revenait irrésistiblement à Orla et à Finn. Le sang battait à ses tempes. Depuis qu'il avait vu le visage d'Orla, il n'était pas parvenu à calmer son souffle court. Il s'était levé pour lui laisser sa place et, sans se lâcher du regard, ils s'étaient contournés avec précaution, comme deux lunes gravitant autour d'un même astre.

Pour la première fois de sa vie, il était resté sans voix. Les yeux verts, écarquillés, terrifiés, l'avaient transpercé. Elle était pâle. C'était la dernière fois qu'elle avait croisé son regard. Elle n'avait pas relevé les yeux vers lui ensuite. Pendant qu'il les observait, elle et son fils, avec une attention évidente, elle s'était obstinément concentrée sur les mariés, ou sur son petit garçon.

Petit à petit, la colère et l'incrédulité prirent le pas sur le choc. Un semblant de cohérence lui revint. Oh ! une chose en tout cas était certaine : si elle avait eu un enfant, Orla n'avait certainement pas changé.

Elle était toujours belle. Fine et élégante.

Les longs cheveux sombres et épais qu'il avait admirés, étalés sur l'oreiller, lorsqu'il l'avait embrassée pour la dernière fois étaient noués en chignon raffiné sur sa nuque. Ses traits délicats, tout droit sortis d'un conte de fées, étaient maquillés avec brio ; son ombre à paupières soulignait les grands yeux verts dans lesquels il s'était noyé quand il s'unissait à elle. Sa robe était sage ; la soie rose suivait subtilement son corps gracile sans pour autant le révéler.

Sa beauté l'avait captivé dès la première seconde.

Leur rencontre était un coup du destin, un pur hasard. Un membre de son équipe de relations publiques lui avait fait part des réclamations dont l'un de ses hôtels de Palerme faisait l'objet. Il avait réarrangé son itinéraire pour y passer en coup de vent. L'hôtel en question faisait partie d'une chaîne que son oncle avait peiné à remettre à flot avant que Tonino ne le sauve de la faillite. Si Tonino se spécialisait dans la conversion de châteaux, de monastères ou de manoirs en grands hôtels de luxe, la chaîne de son oncle ciblait plutôt les petits budgets.

Tonino venait d'une famille aisée et il était conscient de ses privilèges. Ses amis d'enfance appartenaient à des milieux très différents. Gio, le témoin de Dante, avait des origines particulièrement pauvres. À l'époque, sa famille devait économiser pendant des mois pour partir en vacances. Le coût de leur séjour n'aurait même pas pu couvrir une nuit dans l'un des hôtels de Tonino ; et pourtant le simple fait de voyager ensemble avait eu une valeur toute particulière. Il songeait toujours à Gio et à sa famille lorsqu'il inspectait ses hôtels les plus modestes. L'irrespect flagrant du manager de l'hôtel l'avait empli de frustration. Après l'avoir licencié, il était sorti de la salle de réunion, furieux à l'idée d'avoir laissé la situation s'envenimer si longtemps, et… Il avait posé les yeux sur une femme seule, postée devant le bureau de la réception.

Orla.

Leur rencontre lui avait fait l'effet d'un coup de poing. Il n'avait jamais ressenti un tel choc. Sa réaction face à Orla avait sonné le glas de sa relation factice avec Sophia et avait catalysé une rupture irréparable avec ses parents. Orla avait été une révélation. Elle avait… changé le cours de sa vie.

Orla était soulagée : l'insupportable photographe se prenait visiblement pour un grand artiste et mettait un temps fou à cadrer chacun des clichés devant la magnifique cathédrale. Ainsi, elle pouvait éviter de parler à qui que ce soit, protégée par les autres invités et la nécessité de prendre la pose. Elle n'était pas capable de tenir une véritable conversation, pas maintenant. Elle était si tendue, si angoissée qu'elle avait du mal à prononcer le moindre mot.

L'une des petites demoiselles d'honneur s'était entichée de Finn et lui tenait compagnie ; elle babillait en italien, mais la langue n'était pas un obstacle : Finn avait l'air ravi.

Elle était trop terrifiée pour lever les yeux et risquer de croiser le regard de Tonino, mais elle devinait son attention brûlante. Elle l'avait endurée pendant toute la cérémonie. Maintenant qu'ils étaient sortis, il dominait la majorité des invités de toute sa taille, et elle avait l'impression que son regard flottait sur elle comme une ombre malveillante. Son mépris la perçait comme des épingles glacées. Qu'avait-elle donc fait pour mériter une telle animosité ? Elle savait, elle *sentait* qu'il passerait à l'attaque dès qu'il en aurait l'opportunité. Elle avait *besoin* de se souvenir. De se préparer à l'affronter. La frustration et l'impuissance lui donnaient envie de hurler.

D'après Aislin, elle avait voulu attendre la naissance du bébé avant de contacter le père. Elle ne lui avait pas confié son nom ou la raison de sa décision ; et l'accident avait englouti ces informations précieuses.

Pourquoi avait-elle gardé le secret ? Elle n'avait jamais rien caché à Aislin…

Elle avait passé trois ans à essayer de comprendre ses décisions passées, ses pensées oubliées. Elle avait même essayé l'hypnose. Aujourd'hui, elle avait retrouvé l'information la plus cruciale : l'identité du père de Finn. Mais il restait bien des mystères à éclaircir.

Quand le photographe les libéra enfin, et que les mariés grimpèrent dans leur exquise calèche pour retourner à l'hôtel, Orla s'accrocha à Sabine, l'amie d'Aislin, et l'utilisa comme bouclier humain pendant qu'elle menait la poussette de Finn jusqu'à leur voiture.

Elle le détacha et le souleva précautionneusement. Il était petit pour son âge, mais les muscles encore faibles d'Orla ne lui permettraient pas de le porter encore très longtemps. Elle voulait en profiter pendant qu'elle le pouvait : elle avait déjà manqué tant de choses, passé tant de nuits et de jours sans serrer son bébé contre son cœur, tant de nuits et de jours à détester ce corps qui l'avait piégée, à maudire cet enfer quotidien qui l'avait forcée à rester si longtemps loin de son enfant.

Après avoir attaché Finn dans son fauteuil, elle contourna la voiture et s'installa près de lui. Le chauffeur avait déjà démarré quand elle osa enfin lever les yeux vers la vitre.

Le regard de Tonino la heurta de plein fouet. Il la fixait sans ciller, le visage parfaitement impassible.

Dans l'immense salle de bal de l'hôtel, décorée de ballons et de paillettes, Orla regardait l'opulent dîner battre son plein. Dieu merci, on l'avait placée à côté du père d'Aislin, Dennis O'Reilly, l'homme qui avait aussi été son beau-père pendant deux courtes années. Dennis ressemblait tant à sa fille qu'être en sa compagnie était toujours un plaisir. Leur mère l'avait traité sans pitié, mais il s'était toujours montré adorable avec Orla, même après leur divorce.

Aujourd'hui, cependant, elle ne parvenait pas à se détendre en sa compagnie. Elle n'avait jamais assisté à un mariage aussi luxueux et élégant. La nourriture était délicieuse, le vin, incroyablement raffiné ; même l'eau minérale lui semblait d'une pureté cristalline. Mais elle ne pouvait profiter de rien. Tonino, assis à une autre table, était tourné vers elle. Chaque fois qu'elle jetait un œil dans sa direction, elle rencontrait son regard glacial et devait réprimer un frisson. Une bouffée d'angoisse la traversa lorsqu'elle aperçut la magnifique blonde aux yeux de chat placée plus loin, sur la droite. Imaginait-elle ses regards meurtriers ? Elle avait l'impression de la connaître, mais à quoi était due cette impression ? Et pourquoi avait-elle soudain envie de prendre ses jambes à son cou ?

Dennis interrompit ses méditations lorsqu'il se leva pour porter un toast aux mariés. Son discours provoqua de nombreux rires, et même Orla se sentit sourire en voyant la perplexité des Siciliens. L'accent de Dennis était si fort qu'ils devaient peiner à le comprendre. Les Irlandais, quant à eux, renchérissaient avec enthousiasme. Une heure de liberté suivit les nombreux discours. La plupart des invités retournèrent dans leur chambre pour se changer avant la soirée. Orla vit les voisins de Tonino se lever. Son cœur fit une embardée quand leurs regards s'accrochèrent.

Il venait à sa rencontre.

La peur lui noua la gorge. Elle n'était pas prête. Elle avait besoin de réponses avant cette inévitable confrontation.

Le destin lui laissa un peu de répit, néanmoins : la mère de Dante, Immacolata, bondit sur Tonino alors qu'il n'était plus qu'à quelques mètres d'elle.

Orla en profita pour s'échapper. Elle se tourna vers Aislin en poussant le fauteuil de Finn, et lui murmura qu'ils remontaient dans leur suite.

— Est-ce que tout va bien ? souffla Aislin au passage.

Orla hocha la tête.

— Je vais chercher son déambulateur.

La chance lui sourit de nouveau quand une horde de petits cousins accoururent en insistant pour les accompagner. Protégée par une armée d'enfants, dont les demoiselles d'honneur, Orla monta Finn dans leur suite.

Après s'être assurée que l'infirmière de Finn pouvait s'occuper de leurs petits invités, elle s'accorda un moment de tranquillité sur le balcon. Les odeurs familières de la côte l'apaisèrent et, petit à petit, la tension qui l'avait habitée depuis qu'elle avait entendu le nom de Tonino l'abandonna.

Elle laissa son regard voguer sur la mer sombre ; les parfums de la Sicile n'étaient pas les seuls à titiller sa mémoire. Elle tourna la tête vers la gauche pour essayer d'apercevoir le petit motel dans lequel elle avait logé quand elle avait rencontré Tonino…

Était-ce son retour ici, ou de le revoir, peut-être ? Les souvenirs qui lui avaient toujours échappé revenaient lentement à la surface, flous et chaotiques. Sophia ! Voilà comment s'appelait la blonde aux yeux dangereusement félins. Sophia. Elle était venue la voir… Mais pourquoi ?

Oh ! stupide cerveau !

Des rires enfantins la firent sursauter. La soirée allait bientôt commencer, et elle devait redescendre.

Elle rassembla sa troupe de petits compagnons et, accompagnés de l'infirmière, ils sortirent dans le couloir et s'empilèrent dans l'ascenseur. Quand les portes s'ouvrirent au rez-de-chaussée, les enfants se ruèrent dans le hall à grands cris. Mais l'amusement d'Orla fut de courte durée : une haute silhouette l'attendait, appuyée contre le mur.

Tonino se redressa en voyant apparaître Orla. Tous les escaliers et tous les ascenseurs de l'hôtel menaient au grand hall. Elle n'avait pas pu le fuir bien longtemps.

Quand elle l'aperçut, sa complexion laiteuse vira à la pâleur spectrale. Elle avait peur. Elle avait compris qu'elle n'avait plus d'issue, dans son hôtel, alors qu'il connaissait chaque sortie, et que ses employés le préviendraient si elle décidait de quitter le domaine.

Il s'arrêta face à elle, tout proche, mais il ne lui parla pas immédiatement. Il s'accroupit, la main tendue vers l'enfant qu'il savait être le sien.

Finn lui ressemblait comme deux gouttes d'eau, mais ce n'était pas tout. Lorsqu'il l'avait connue, Orla était vierge. Il se souvenait de ses joues écarlates, lorsqu'elle le lui avait confié. Il se souvenait de tout : les images de leur première nuit réchauffaient encore ses veines.

— Salut, Finn. Tu t'amuses bien ?

Finn hocha vivement la tête. Il se pencha en avant, mais la ceinture de son fauteuil roulant le freina.

— Et tu aimes ta suite ?

Finn fronça les sourcils, perplexe.

— Ta chambre, expliqua Tonino.

Un autre hochement de tête enthousiaste.

— Tu la partages avec ta maman ?

— Oui !

— Et ton papa ? Est-ce qu'il est dans votre chambre ?

Il avait déjà vérifié les réservations et connaissait la réponse, mais il voulait voir la réaction du petit garçon. Dante s'était montré très vague lorsqu'il lui avait posé la question, un peu plus tôt dans la journée. Tonino comprenait : Orla était sa sœur. Le sang protégeait le sang. Mais c'était l'attitude d'Aislin qui les avait trahis : elle avait eu l'air d'une biche aux abois.

De nouveau, Finn lui jeta un regard perdu. Avec un fort accent irlandais, il finit par répondre :

— J'ai pas de papa.

Tonino leva les yeux vers Orla. Elle avait crispé les mains sur les poignées du fauteuil. Elle soutint son regard de ses grands yeux suppliants avant de secouer légèrement la tête. Sans émettre un son, elle articula :

— Plus tard. S'il te plaît.

D'un mouvement aguerri, elle le contourna en poussant le fauteuil et s'enfuit dans la salle de bal aussi vite que le permettait la discrétion.

Bon Dieu. Il avait besoin d'un verre.

La salle de bal avait été transformée en véritable boule à facettes ; d'étincelants chandeliers de cristal projetaient une lumière tamisée sur la grande pièce. Le DJ avait déjà commencé à jouer, mais la piste de danse était encore vide. La peur qui serrait le cœur d'Orla s'accentua lorsqu'elle croisa le regard de sa sœur.

— Tonino Valente nous a posé des questions sur le père de Finn, murmura Aislin quand elles se rejoignirent.

Oh ! elle ne pouvait pas fondre en larmes, pas ici. Elle cligna désespérément des yeux, la gorge douloureuse. Le regard plein de compassion, Aislin interpréta correctement son silence.

— C'est lui, n'est-ce pas ?

Elle hocha la tête.

— Et il sait ?

Les lèvres pincées, Orla hocha de nouveau la tête.

Il n'avait fallu à Tonino qu'une seconde avec Finn pour comprendre la vérité.

— Qu'est-ce que tu vas faire ?

— Je ne sais pas.

Pendant trois ans, elle avait fouillé sa mémoire pour se souvenir de son nom ; elle avait toujours eu l'intention de le retrouver, avec l'aide de sa sœur. Elle aurait pris le temps de se préparer à le revoir. Jamais, au grand jamais, elle n'avait imaginé que leurs retrouvailles se dérouleraient dans ces conditions…

Dante les rejoignit. Sa présence calma un peu l'agitation qui menaçait de la submerger. Quoi qu'il arrive, elle devait se souvenir que c'était leur mariage. Si Aislin comprenait combien elle était bouleversée, elle n'hésiterait pas à annuler la soirée pour la soutenir – et c'était hors de question.

Elle enlaça fermement sa sœur et la serra contre son cœur.

— Ne t'inquiète pas, tout ira bien. Je te le promets. Profite de la fête, d'accord ?

À cet instant, le DJ eut la bonne idée d'inviter les mariés à ouvrir le bal.

— Vas-y, dit Orla dans un sourire en embrassant la joue d'Aislin.

Sa sœur lui rendit son étreinte, puis se laissa entraîner par son mari. Orla sortit Finn de son fauteuil et le glissa dans son déambulateur, un dispositif que Dante lui avait offert et qui permettait à Finn d'utiliser ses jambes pour se déplacer tout en le protégeant des obstacles. Elle devait faire attention à ne pas l'y laisser trop longtemps, car il se fatiguait vite, mais elle savait qu'il voudrait profiter de la piste de danse avec les autres enfants. Il se tortilla de joie sous ses yeux, et la petite demoiselle d'honneur courut vers eux en s'extasiant.

Orla les accompagna au bord de la piste.

Des larmes d'émotion lui montèrent aux yeux pendant la

première valse d'Aislin et Dante. L'amour qui les unissait était palpable et éternel. Ils étaient faits l'un pour l'autre.

Alors que leur danse touchait à sa fin, un bras frôla le sien. Une odeur légèrement épicée lui chatouilla les narines et un picotement courut sur sa peau.

Son pouls s'accéléra. Le souffle lui manqua. Un souvenir l'aveugla – celui d'avoir enfoui son nez dans le creux de ce cou viril pour humer son parfum.

— Je leur donne six mois.

Elle n'osa pas lever les yeux vers lui.

— Pardon ? coassa-t-elle enfin.

— Leur mariage. Si Aislin a le même sang que le tien dans les veines, son masque ne tardera pas à tomber. Dante comprendra vite qu'elle cache un cœur de pierre et une âme de menteuse derrière son joli visage.

Une main chaude se referma sur son poignet.

— Danse avec moi.

Ses jambes allaient se dérober sous elle, elle en était certaine.

— Danse avec moi, ou je fais une scène. Tu ne voudrais pas gâcher le mariage de ta sœur, n'est-ce pas ?

Il ne lui laissa pas la chance de répondre. D'un geste souple, sans autre forme de procès, il l'entraîna sur la piste de danse ; et soudain elle était pressée contre le torse puissant du seul homme qu'elle avait jamais désiré.

3.

Danser avec Orla lui donnait l'impression de danser avec un mannequin de bois. En attrapant ses mains délicates pour les placer d'autorité sur sa taille, il se pencha vers elle et murmura à son oreille :

— N'as-tu jamais eu l'intention de m'en parler ?

Elle se crispa encore sous ses mains. Une mèche de ses cheveux sombres frôla son nez, et, soudain, dans le vertige de son odeur hypnotique, il sentit ses veines s'enflammer et ses nerfs crépiter. Cette magie qui l'avait charmé en un claquement de doigts était toujours là…

D'abord timide, Orla s'était dévoilée petit à petit, tendre, amusante, délicieusement intelligente. Inconsciente de sa sensualité passionnée avant qu'il ne la lui révèle. Voilà pourquoi il n'avait jamais compris sa soudaine disparition, ni les mensonges qui avaient suivi. Si elle avait été susceptible, capricieuse, cruelle, comme l'étaient souvent les femmes de la haute société, il n'aurait pas été surpris. Mais elle ? Comment pouvait-elle être aussi perfide, aussi hypocrite ? La réaction viscérale qu'elle provoquait encore chez lui le faisait frissonner de dégoût, et il recula d'un pas pour s'en délivrer.

— Tu m'as caché mon fils pendant trois ans, continua-t-il d'une voix dure.

Comment pouvait-il ressentir quoi que ce soit d'autre que du mépris à son égard ? Son corps était un traître.

— Si tu veux que je garde mon sang-froid, je t'encourage

à répondre à ma question. Avais-tu l'intention de me dire que j'avais un enfant ?

Un tumulte d'émotions colorait son joli visage. Ses grands yeux verts brillaient de peur, et elle avait serré ses lèvres pulpeuses. Sa frustration s'accentua lorsque le souvenir de leur douceur contre sa bouche lui revint de plein fouet. Il n'avait jamais haï quiconque avec tant de force. Pourquoi la désirait-il toujours si follement ?

Il la fit tournoyer en ignorant les regards malveillants de Sophia et des autres Messina présents à la soirée.

— Tu vois la table à laquelle j'étais assis ?

Elle hocha la tête.

— C'est ma famille. Ils ont passé la journée à célébrer le mariage de ton frère et de ta sœur. Mes parents, mon frère et sa famille, mon beau-frère, ma sœur, leurs enfants… Ils ont tous rencontré Finn, et ils ne savent pas qu'il est des leurs.

Tonino en voulait peut-être toujours à ses parents pour la querelle explosive qui avait suivi sa rupture avec Sophia, mais il savait qu'ils adoraient leurs petits-enfants. Une grossesse dans la famille les rendait toujours fous de joie. Les enfants étaient célébrés comme des dons du ciel.

— Tu leur as arraché un petit-fils, un neveu, un cousin. Tu as empêché Finn de connaître sa famille sicilienne et la culture qui y est liée.

La fureur qui bouillait dans la voix difficilement contenue de Tonino glaçait le cœur d'Orla. Elle se sentait hésiter follement entre la fièvre et le frisson, confuse, apeurée, coupable. La prison de ses bras ne faisait qu'empirer son calvaire ; son cœur cognait à lui briser les côtes. Chaque fois qu'elle parvenait à inspirer, son odeur épicée réveillait des pulsions éteintes, l'envie irrésistible de s'enfouir dans le creux de son épaule, de respirer son parfum ; plus terrifiant encore, d'enlacer étroitement sa taille pour se serrer contre sa poitrine solide. Sa seule présence réveillait sa mémoire.

Elle se souvenait de l'électrochoc que son tout premier regard avait fait courir en elle. Elle se souvenait de s'être réveillée dans ses bras, sous la caresse du soleil matinal, et d'avoir songé qu'elle n'avait jamais été aussi heureuse.

Et elle se souvenait du jour où elle avait appris que leur relation n'était qu'un amas de mensonges.

Les yeux fixés sur la famille de Tonino, elle sentit son estomac se retourner. Ces gens si élégants et si riches étaient la famille de son bébé. Comment réagiraient-ils en apprenant l'existence de Finn ? Ils avaient manqué ses trois premières années à cause de sa mémoire morcelée, et elle en était sincèrement navrée. Mais elle avait toujours eu l'intention d'en parler à Tonino. Elle avait simplement voulu passer sa grossesse en sécurité, accoucher en Irlande, et trouver un avocat avant de reprendre contact…

Dans la panique, elle croisa le regard de Tonino par mégarde. Son malaise s'accrut alors qu'elle restait prisonnière de son œillade glaciale, hypnotisée par ce beau visage qu'elle avait un jour contemplé en soupirant de plaisir.

Il était si… viril. Une barbe naissante ombrageait sa mâchoire carrée, encore soulignée par ses cheveux sombres et épais, savamment désordonnés, plus courts sur les côtés. Mais, plus encore que son visage sculptural, c'étaient ses yeux qui lui coupaient le souffle. Ils avaient la couleur du plus intense des chocolats noirs et ils l'avaient toujours fait… fondre.

Leur fils avait hérité de ses yeux.

Elle s'arracha à sa contemplation avec effort et chercha Finn du regard ; il sautillait joyeusement dans son déambulateur.

Elle poussa un soupir de soulagement. Dès l'annonce de sa grossesse, le bien-être de son bébé avait été sa seule préoccupation. Même lorsqu'elle s'était réveillée de son coma, sans aucun souvenir des six derniers mois, elle avait tout de suite su qu'elle avait porté un enfant. Dans le brouillard de son amnésie, elle n'avait songé qu'à se battre pour le retrouver et le protéger.

Elle avait besoin de le serrer dans ses bras. Elle lâcha doucement Tonino et recula d'un pas.

— S'il te plaît. Je ne veux pas faire de scène, mais ce n'est ni le moment ni l'endroit pour avoir cette conversation.

Le beau visage s'assombrit. Il agrippa son poignet avant qu'elle ne puisse tourner les talons.

— Alors éclipsons-nous. Nous aurions dû avoir cette conversation il y a quatre ans. Tu as caché mon existence à mon fils assez longtemps. *Finn n'a pas de papa ?* Bien sûr, qu'il en a un, et il mérite de le savoir.

— Je suis d'accord, mais regarde-le. *Regarde*, insista-t-elle puisque les yeux brûlants de rage restaient plongés dans les siens. Tu vois bien qu'il n'est pas en bonne santé. Il attend cette journée depuis longtemps. Il était très excité à l'idée de danser et pouvoir jouer avec les autres enfants. Laisse-le profiter de la fête encore une heure. Quand je l'aurai mis au lit, tu pourras venir me voir dans notre suite. S'il te plaît ? Je répondrai à toutes tes questions.

Il avait tourné la tête vers son fils. Sa poitrine large se souleva sur une profonde inspiration. Finalement, il hocha la tête et lâcha son poignet.

— Deux heures, Orla. Je serai à ta porte dans deux heures.

Il se pencha à son oreille pour murmurer :

— Et n'envisage même pas de t'enfuir : j'ai pris les mesures nécessaires pour t'en empêcher. Tu ne m'échapperas plus jamais.

L'infirmière aida Orla à mettre Finn en pyjama et à le coucher avant qu'Orla ne l'incite à aller profiter de la soirée. Une fois seule, elle retira sa robe de demoiselle d'honneur en évitant prudemment le reflet du miroir. Ses cicatrices la démangeaient, mais elle n'osa pas prendre le temps d'appliquer la crème que lui avait prescrite le médecin, alors que Tonino risquait de frapper à la porte d'une minute à l'autre. Elle enfila rapidement un T-shirt à manches longues et un pantalon à carreaux.

Elle aurait aimé être prête à affronter Tonino. Mais… le serait-elle un jour ? Maintenant que ses souvenirs refaisaient surface, violemment arrachés aux limbes de sa mémoire, elle aurait presque voulu retourner à son état d'ignorance. Cependant, des images lui échappaient encore, douloureusement hors d'atteinte.

Les jours qu'ils avaient passés ensemble lui étaient

revenus, en grande partie, mais elle ne savait toujours pas ce qui s'était passé avec son père – et son retour en Irlande était encore brumeux.

Lorsqu'il frappa à la porte, l'angoisse la prit à la gorge. Tonino l'attendait sur le palier, le visage dans les ténèbres, rigide et menaçant.

Sans dire un mot, il entra dans la suite et ferma la porte. Les bras croisés, il la détailla de haut en bas. L'intensité de son regard éveilla une tiédeur lascive dans ses veines, et, confuse, elle s'empressa de s'asseoir sur le sofa.

Elle ne voulait pas le regarder, mais elle ne pouvait s'en empêcher. Quelle que soit son humeur, Tonino avait un charisme impérieux, une énergie magnétique. Le discours qu'elle avait préparé lui échappa lorsqu'elle croisa ses yeux bruns. Cet homme lui avait fait tourner la tête et lui avait brisé le cœur en l'espace de dix jours. Ce même cœur qui cavalait ce soir dans sa poitrine. Ses pensées, ses souvenirs, ses émotions étaient sens dessus dessous.

Elle ne savait pas comment se sortir de cette situation. Tonino lui avait menti, et sa richesse l'effrayait, mais il restait le père de Finn. Finn avait le droit de connaître son père, et Tonino, son fils.

Dans le lourd silence, il repoussa ses cheveux d'une main nerveuse et marcha jusqu'au minibar.

— J'ai besoin d'un verre. Tu aimes toujours le gin ?

Étonnée qu'il s'en souvienne, elle secoua la tête. Il arqua un sourcil, puis ouvrit le bar et en sortit une bouteille de vin rouge, qu'il ouvrit d'un geste assuré.

— Tu en veux ?

— Non, merci, murmura-t-elle.

Depuis son accident, elle ne supportait plus l'alcool. Avant sa grossesse, elle avait adoré sortir avec ses amis, boire trop de cocktails et danser jusqu'au matin. Elle était libre. Pas de responsabilités, moins de souffrance. Personne ne dépendait d'elle, et elle ne dépendait de personne. Ce passé lui semblait appartenir à une autre femme.

Il fit tourner le liquide carmin dans son verre à pied puis

en huma le bouquet avant de prendre une gorgée. Tonino, se souvint-elle soudain, aimait le bon vin.

Lorsque ses yeux sombres croisèrent les siens, un frisson courut sur sa nuque. Si les regards avaient pu tuer…

— Assieds-toi, je t'en prie, proposa-t-elle.

Appuyé contre le bar, Tonino porta le verre à ses lèvres en observant Orla, si frêle dans l'immense sofa. Elle avait l'air d'un faon aux prises avec son prédateur.

— Je suis bien ici, rétorqua-t-il.

— D'accord, mais pourrais-tu arrêter de me foudroyer du regard ?

Cette voix…

Orla était la seule femme capable de l'exciter en quelques mots. Ce timbre légèrement rauque et cet accent musical enflammaient ses sens. Une alchimie insupportable qui menaçait de lui faire perdre le fil de leur conversation.

— Foudroyer du… ?

Il n'était pas sûr de comprendre l'image en anglais. Les lèvres d'Orla s'incurvèrent en un sourire amusé.

— Tu sais, parce que tu as l'air de vouloir m'assassiner…

— Ne t'inquiète pas. Si je t'assassinais, je n'obtiendrais jamais les réponses dont j'ai besoin. Cessons de perdre notre temps, d'accord ? Dis-moi de quoi souffre mon fils et pourquoi tu me l'as caché pendant des années.

Elle prit sa tête dans ses mains et ses magnifiques cheveux noirs tombèrent comme un voile autour de son visage. Épais et ondulés, ils étaient aussi luxuriants que dans son souvenir. Soudain, le besoin irrésistible de s'agenouiller devant elle pour lui caresser la joue et glisser les doigts dans sa crinière soyeuse le heurta de plein fouet. Lorsqu'elle releva les yeux vers lui, il avait crispé les doigts sur son verre.

— Tu es sûr que tu ne veux pas t'asseoir ? Cela risque d'être long.

Les dents serrées, il se contenta de la fixer durement. De la « foudroyer du regard », comme elle disait. Il ne laisserait pas sa douceur l'ébranler. Oh ! il comptait bien rester debout : si sa taille la mettait mal à l'aise, c'était parfait. Il n'avait aucune raison de lui faciliter la tâche, au contraire.

Elle se mordilla les lèvres, puis poussa un soupir.

— Je ne voulais pas te le cacher.

Il ricana.

— S'il te plaît, écoute-moi. La condition de Finn et la raison pour laquelle je n'ai pas pu te contacter sont liées. J'ai eu un accident de voiture quand j'étais enceinte de six mois et j'ai perdu la mémoire. J'avais oublié qui tu étais.

Son excuse était si incroyable qu'il manqua de lancer son verre contre le mur.

— *Dio mio*, tu te fiches de moi. Tu veux me faire croire que tu étais *amnésique* ?

— Oui. C'est la vérité !

— Et quand est-ce que la mémoire t'est revenue ?

— Les souvenirs qui te concernent… aujourd'hui. Une partie, en tout cas.

— Comme c'est pratique, railla-t-il. Tu as eu toute la journée pour préparer tes arguments, et c'est tout ce que tu as trouvé ? L'amnésie ? Pitié.

— Je sais, c'est invraisemblable, mais je ne te mens pas. J'ai passé trois ans à essayer de retrouver ton nom. Je ne me souvenais que de ton visage. En dehors de cela, je n'avais que des images floues… Je savais aussi que nous nous étions rencontrés en Sicile, mais c'était une évidence, comme connaître mon propre nom, et…

— Tu crois vraiment pouvoir me convaincre ? coupa-t-il impatiemment.

— C'est la vérité, et je peux te le prouver.

— Oh ! vraiment ? La seule chose que tu me prouves, c'est que tu es une menteuse.

— Arrête.

— Tu as utilisé un faux nom quand tu as réservé ta chambre.

Un éclair de confusion passa sur son beau visage.

— Pardon ?

— Il y a quatre ans, tu as réservé une chambre dans

mon hôtel sous le nom d'Orla McCarthy. Ici, tu as utilisé Orla O'Reilly.

Un mois après sa disparition, il avait trop bu et avait décidé de la chercher sur Internet. Mais aucune entrée pour Orla McCarthy ne la concernait, elle. Maintenant, il comprenait pourquoi il n'avait pas retrouvé sa trace : elle avait utilisé une fausse identité. Cette femme avec laquelle il avait vécu la passion la plus intense de sa vie, cette femme qui l'avait traité comme un prince sans rien savoir de lui…

Elle lui avait caché son nom, caché son fils.

Pourquoi, alors, devait-il lutter pour ne pas la prendre dans ses bras et l'embrasser à perdre haleine ? Pourquoi contemplait-il encore son visage traître, le cœur battant, le sang en ébullition ? Sa duplicité aurait dû suffire à annihiler ces sentiments.

— Quand j'ai réservé ma chambre, il y a quatre ans, j'ai dû leur donner mon passeport, donc j'ai utilisé mon nom légal, McCarthy.

— Alors pourquoi utiliser O'Reilly ici ? Pour brouiller les pistes ? Tu croyais peut-être que je ne te reconnaîtrais pas ?

Elle se frotta les paupières avec lassitude.

— Je ne comprends pas ce que tu veux dire.

— Arrête ton cinéma. Tu savais que tu me verrais aujourd'hui. Ton frère est mon ami d'enfance. Il fête son mariage dans mon hôtel. Tu as pris le risque de venir ici et, pire encore, d'emmener Finn avec toi.

— Il n'était pas question de venir sans lui, protesta-t-elle. Dante n'a jamais mentionné ton nom. Sinon, je me serais sans doute souvenue de toi plus tôt. Aislin a organisé le mariage ; elle a fait les réservations et a utilisé mon nom d'usage. Aislin a le nom de son père, O'Reilly, parce qu'il a épousé ma mère. Notre mère a utilisé le même patronyme pour moi depuis notre enfance. Tout le monde me connaît sous ce nom.

— Pourquoi ne pas en changer légalement ?

— C'est ma mère qui aurait dû s'en charger, et elle se fiche de ce genre de choses.

Il grimaça, agacé de s'être laissé distraire. Seul son fils comptait à ses yeux.

— Et comment s'appelle Finn ?

— Il a mon nom légal. McCarthy.

— Pourquoi pas mon nom ?

— Parce que je l'avais *oublié*, martela-t-elle.

La colère s'était crispée en lui comme un fauve à l'affût.

— Alors qui est son père, aux yeux de la loi ?

— Personne.

— Maintenant, je suis certain que tu mens, siffla-t-il.

Il avait interrompu le dîner de son avocat, quelques heures plus tôt, pour lui demander de s'informer sur les réglementations concernant la paternité en Irlande.

— C'est illégal, de ne pas donner le nom du père sur un acte de naissance irlandais.

Elle leva les yeux vers lui en étouffant un soupir exaspéré.

— Ce n'est pas illégal en cas d'argument irréfutable.

— Et quel est ton argument irréfutable ? Ta prétendue amnésie ?

— Ne parle pas si fort, tu vas réveiller Finn.

Pour la première fois, la voix d'Orla s'était teintée de férocité. Il n'avait pas remarqué qu'il avait crié. Mais, *Dio*, il devait se faire violence pour ne pas la secouer par les épaules et lui arracher la vérité. Elle le prenait pour un idiot ! Pensait-elle vraiment pouvoir le convaincre d'un mensonge aussi ridicule ? Cette histoire était tout droit sortie d'une des vieilles séries grotesques que sa grand-mère regardait le dimanche. Et pourtant elle soutint son regard avec détermination, ses grands yeux verts brillants de défi.

— Aislin a déclaré la naissance de Finn. Je ne lui avais pas dit qui était son père, donc elle ne pouvait pas donner ton nom…

— Tu as nié mon existence ? rugit-il.

— Arrête de crier, rétorqua-t-elle d'un ton sec. Je comprends ta colère, mais tu ne nous aides ni l'un ni l'autre avec tes interruptions et tes préjugés. Je peux te prouver tout ce que j'avance ; tu n'as pas besoin de me croire sur parole.

— Heureusement, parce que je ne pourrai jamais te faire confiance.

— Parfait. C'est réciproque.

— Pardon ?

— Je trouve simplement un peu ironique de me faire traiter de menteuse par un maître en la matière.

Sa riposte était presque aussi scandaleuse que sa pseudo-amnésie.

— Tu oses changer de sujet ? M'accuser sans raison ?

— Sans raison ? D'accord, alors explique-moi pourquoi tu as prétendu être le gérant de mon motel plutôt que son propriétaire.

— Je n'ai rien dit. Tu l'as déduit toute seule.

Il n'avait rien à se reprocher. Il avait eu l'intention de lui dire la vérité le jour où elle avait pris la fuite. Un éclair de fureur aussi intense que la sienne passa dans les yeux d'Orla.

— Tu ne l'as pas nié. J'ai découvert ton identité le jour où je suis partie ; quand ta *fiancée* est passée me dire bonjour.

— De quoi parles-tu ?

— Sophia, cracha-t-elle. La fiancée que tu avais oublié de mentionner. Elle m'a rendu visite quand tu étais en Toscane.

Il ne cilla pas, même s'il avait un goût doux-amer sur la langue. Sophia avait mal pris leur rupture. Il avait voulu protéger Orla des répercussions ; et la protéger avait été un vrai délice. Pendant quelques jours, ils n'avaient existé que l'un pour l'autre, dans le plus modeste de ses appartements, à l'abri du monde extérieur.

— Que voulait-elle ?

Une douleur lancinante pulsait dans le crâne d'Orla, attisée par le souvenir des mots qui lui avaient brisé le cœur.

— Me prévenir que vous étiez fiancés, bien sûr. Elle voulait que je parte immédiatement.

Il hocha la tête, pensif, mais ses yeux restaient sceptiques.

— Sophia Messina, la fille d'une des plus vieilles familles de Sicile, t'a retrouvée pour te dissuader de rester avec moi ?

— Exactement.

— T'a-t-elle menacée ?

— Pas directement, mais le sous-entendu était clair. Elle

savait que tu la trompais avec moi. Je n'ai pas apprécié son avertissement, mais j'ai compris sa colère. Personne n'aime être utilisé de cette façon.

Tonino les avait manipulées toutes les deux. Découvrir un mensonge si sournois l'avait rendue malade, à tel point qu'elle avait vomi dès que Sophia avait quitté sa chambre.

Elle était tout aussi nauséeuse à ce moment précis, malmenée par ses souvenirs et par la migraine aveuglante qui battait à ses tempes.

— J'ai rompu mes fiançailles avec Sophia le jour de notre rencontre, déclara-t-il. Si tu étais restée quelques heures de plus, j'aurais pu te le dire. Sophia s'est moquée de toi.

— Et je suis censée te croire, alors que nous savons tous les deux que tu as une notion très personnelle du mensonge ?

Il lâcha un juron en sicilien, mais elle poursuivit :

— Tu m'as laissé croire que tu étais le gérant de cet hôtel. C'était faux. Tout ce que tu m'as dit sur toi était faux. Tu ne peux pas me reprocher d'avoir paniqué quand j'ai découvert ma grossesse. Je ne savais qu'une chose sur toi : que tu étais un menteur et un homme puissant. Je ne voulais pas parler de toi parce que j'avais peur, j'avais honte, et j'étais bouleversée. Je voulais me focaliser sur mon bébé. J'avais l'intention de te contacter après sa naissance, mais j'ai eu un accident et ma vie a basculé. Je ne pouvais pas modifier l'acte de naissance de Finn après ma sortie de l'hôpital parce que *je ne me souvenais pas de ton nom*.

Après sa féroce riposte, seuls leurs souffles courts résonnèrent un moment dans le silence. Elle sentait presque le goût du poison qui flottait encore entre eux. Et quelque chose d'autre, une tension électrique, un éclair qu'elle voyait briller dans les yeux sombres et furieux de Tonino. Un muscle pulsait dans sa mâchoire tendue.

Quand il reprit la parole, chacun de ses mots était articulé, délibéré comme un coup de poignard.

— Tu sais ce que je pense ? Je pense que tu n'as plus d'issue et que tu cherches des excuses pour justifier l'inexcusable. Tu espérais que je ne te reconnaîtrais pas, que je ne remarquerais pas Finn. Tu me l'as caché parce que derrière ton joli visage se cache une femme cruelle et sournoise, et je vais te le faire payer en te l'arrachant tout aussi cruellement et tout aussi sournoisement.

4.

La menace de Tonino claqua comme une gifle dans le silence, et se mua en sonnette d'alarme lorsqu'elle le vit faire volte-face et se diriger vers la porte de la chambre.

— Qu'est-ce que tu fais ? s'exclama-t-elle.

— Je vais voir mon fils.

Il ne peut pas te le prendre, il n'a aucun droit, aux yeux de la loi. Respire. Calme-toi.

Elle inspira profondément, au bord de la panique.

— Qu'as-tu l'intention de faire ? Ouvrir la porte à la volée et réveiller un petit garçon en sursaut ?

Son regard de haine la blessa aussi profondément que ses menaces. Il avait déjà posé la main sur la poignée.

— Ne me donne pas le mauvais rôle, Orla.

— Si tu entres dans sa chambre, tu vas lui faire peur.

Sa mâchoire se crispa. Elle profita de sa brève hésitation pour lui montrer son téléphone, placé sur la table basse.

— Tu peux le voir sur mon portable. Je le filme.

— Tu le regardes dormir ? siffla-t-il.

— Ce soir, oui. Il est épileptique.

Tonino fronça les sourcils.

— Hum. *Epilessia* ? Des crises ?

Elle hocha la tête. Dans l'espoir de calmer son pouls erratique, elle posa une main sur sa poitrine.

— Oui, il a des crises d'épilepsie. Il est sous traitement, mais il a passé une journée très excitante et je ne veux pas prendre de risques. Normalement, c'est l'infirmière qui garde le babyphone, mais je lui ai dit d'aller profiter de la soirée pour que nous puissions parler en privé.

Elle soutint son regard sceptique sans ciller. Elle ne s'autorisa qu'un discret soupir de soulagement lorsqu'il s'éloigna de la porte. Cependant, son souffle se coinça dans sa gorge lorsqu'il la rejoignit à grands pas et s'assit près d'elle. Son pauvre cœur malmené se mit à battre la chamade.

Il attrapa le téléphone et étudia l'enregistrement avec attention. Après un long silence, il s'enquit :

— Son… épilepsie. Est-elle liée à ses problèmes de mobilité ?

— Oui.

Orla regardait toujours ses doigts puissants, repliés autour du téléphone. Ces doigts qui avaient caressé sa peau nue…

Un frisson incandescent vibra dans son ventre, et elle baissa précipitamment les yeux. Oh ! Comment pouvait-elle songer à des choses pareilles alors qu'il avait menacé de lui arracher son fils ?

— Il souffre d'infirmité motrice cérébrale, reprit-elle en priant pour qu'il ne remarque pas ses joues brûlantes. L'épilepsie fait partie des symptômes secondaires.

Pendant un long moment, il se contenta de regarder l'écran du portable. Elle en profita pour réguler sa respiration. Elle était épuisée ; cette journée avait été riche en émotions. Ses sentiments pour Tonino étaient chaotiques. Bien sûr, il s'était laissé emporter par la colère et ses menaces n'étaient sans doute qu'un moyen de laisser libre cours à sa frustration. Elle n'avait rien à craindre, n'est-ce pas ?

— Qu'est-ce que c'est, cette infirmité mo… ?

— Motrice cérébrale. C'est une déficience motrice qui touche ses muscles, à cause de lésions au cerveau.

Il se tourna vers elle.

— Mon fils a des lésions au cerveau ?

Un éclair de détresse passa dans son regard sombre et la toucha en plein cœur.

— C'est un problème de développement cérébral, dit-elle d'une voix adoucie. Normalement, ses facultés mentales ne sont pas affectées. Il sait parler et se faire comprendre, mais seul le temps pourra nous en dire plus.

Les difficultés d'apprentissage étaient fréquentes chez les enfants touchés par la paralysie cérébrale, et elle s'était préparée à cette éventualité. Si Finn en avait besoin, il aurait le soutien nécessaire.

— Que s'est-il passé ?

— Sa naissance a été très difficile. Il est né trois mois en avance, et…

Des coups frénétiques les interrompirent. Elle leva les yeux vers la porte et, les muscles engourdis, se força à aller ouvrir ; pas question que Tonino remarque sa faiblesse.

Le battant s'ouvrit sur une Aislin fébrile. Elle ne prit pas la peine d'expliquer sa présence et jeta un coup d'œil par-dessus l'épaule d'Orla. En voyant Tonino, elle fronça le nez.

— Tout va bien, ici ?

— Parfaitement bien, assura Orla.

Aislin plissa les yeux, le regard fixé sur Tonino, avant de se tourner lentement vers sa sœur.

— Tu n'as pas l'air au mieux de ta forme, pourtant.

— Ce n'est pas la conversation la plus facile de ma vie.

— Je m'en doute. Tu veux que je reste ?

La suggestion était terriblement tentante, mais…

— Bien sûr que non. Va t'amuser, Aislin.

— J'ai vu l'infirmière. Tu ne comptes pas redescendre ?

— Désolée, je suis vraiment épuisée.

— Bon. Alors je te laisse. Je garde mon téléphone. Appelle-moi si tu as besoin de quoi que ce soit.

Pitié. Orla n'avait pas l'intention de gâcher son mariage plus qu'elle ne l'avait déjà fait.

— D'accord, fit-elle.

Avant de partir, Aislin jeta un sourire éclatant à Tonino.

— Si tu fais du mal à ma sœur, je te tue. Compris ?

Devant l'expression choquée de Tonino, Orla retint à grand-peine un rire hystérique. Elle referma vite la porte.

— Est-ce que ta sœur vient de me… menacer ?

— Hum, hum.

Elle s'assit dans un fauteuil, loin de lui ; elle avait trop de difficultés à se concentrer, et le corps et l'odeur de Tonino ne faisaient qu'empirer la situation. Cependant, assise en face de lui, elle était forcée de le regarder ; et elle devait se faire violence pour ne pas s'attarder sur chaque trait ciselé, sur ce visage auquel elle avait offert son cœur, jadis.

— Elle est très protectrice. Ne t'inquiète pas, je ne pense pas qu'elle te tuerait vraiment. Te castrer, peut-être.

Un éclat de rire lui échappa lorsqu'elle vit Tonino croiser instinctivement les jambes ; mais c'était trop pour elle. Revoir Tonino, se souvenir de ce qu'ils avaient partagé, ce qu'ils avaient perdu, et la haine sur son visage, sa colère, sa défiance… Soudain, les digues de sa réserve cédèrent tout à fait, et son rire se mua en sanglots.

Tonino ne pouvait s'empêcher de regarder Orla avec une bonne dose de scepticisme. Quand ils étaient amants, il ne l'aurait jamais crue capable d'utiliser ses charmes pour parvenir à ses fins. Il pensait qu'elle était trop sincère. Que ferait-elle, ce soir, s'il la prenait dans ses bras pour la réconforter ? S'accrocherait-elle à lui ? Essuierait-elle ses larmes de crocodile sur sa chemise ? Lèverait-elle ses beaux yeux émeraude vers lui pour le supplier de l'embrasser ?

Et y serait-il insensible ? La flamme qui torturait ses reins lui soufflait le contraire. À chacune de ses inspirations, il discernait le parfum d'Orla. Malgré lui, il la respirait avec délice, le corps tendu à craquer. Furieux que son attraction pour elle s'avère si indomptable, il se leva soudain d'un bond et alla se servir un nouveau verre de vin.

— Je suis désolée, murmura-t-elle. Je n'ai pas l'habitude de pleurer comme cela. C'est juste… beaucoup pour une seule soirée.

— Tu trouves ? ricana-t-il. Alors imagine *ma* situation.

— Je m'en doute.

— Je n'ai pas besoin de ta fausse compassion. Je viens de découvrir que je suis père et que la mère de mon enfant me l'a caché pendant trois ans ; et voilà que la femme de mon meilleur ami, la tante de mon fils, me crache son antipathie à la figure. Je ne savais même pas que tu avais une sœur.

Ni qu'elle était la fille secrète de Salvatore Moncada. Hier encore, il ignorait que la sœur clandestine de Dante était aussi l'amante qui l'avait abandonné des années plus tôt. Orla avait gardé beaucoup d'informations pour elle. Il savait qu'elle étudiait la zoologie, à l'époque, et qu'elle passait ses vacances en Sicile entre son apprentissage de fin d'études et l'emploi de ses rêves en Irlande… et c'était tout. Il avait compris trop tard qu'il ne connaissait rien de significatif à son propos.

— Et je ne savais pas que tu avais une fiancée, donc je pense qu'on est quittes, rétorqua-t-elle.

— Je n'avais plus de fiancée. J'ai rompu avec Sophia le jour de notre rencontre.

— C'est ce que tu dis, oui.

Orla se massa les tempes, les paupières closes.

— Et même si j'accepte ta version des faits…

Un souvenir miroita soudain dans son esprit ; quelques semaines après être rentrée de Sicile, assise sur son lit, elle avait cherché le nom de Tonino sur Internet pour la énième fois et avait lu qu'il avait mis fin à ses fiançailles…

Un cri lui brûlait la langue. Même s'il disait la vérité, il avait tout de même menti sur son identité.

— À qui était l'appartement où tu m'as emmenée ?

— À moi.

— Oh ! pitié. Mon frère est riche, lui aussi, tu sais. Et ce n'était pas un appartement de milliardaire.

— C'est le premier appartement que j'ai acheté avec mon propre argent, quand j'avais vingt ans. C'est un sanctuaire.

Ses mots résonnèrent dans son crâne déjà douloureux, et les images floues de leur intimité se déversèrent dans son esprit. Juste un reflet, juste un murmure, et pourtant elles étaient si puissantes qu'elles attisèrent le brasier au fond de son abdomen. Elle avait été si avide de ses caresses, à l'époque. Avide de lui tout entier. Elle avait fait l'amour avec lui et prié pour un futur avec lui.

— Quant à ton frère… Tu ne m'as jamais dit que tu étais la sœur de Dante ou la fille de Salvatore Moncada. Tu m'as accusé de dissimulation, mais…

Il termina son verre d'un trait et poussa un soupir.

— Revenons aux choses sérieuses, d'accord ? Je suis venu pour mon fils. C'est tout ce qui compte.

S'il répétait encore une fois « mon fils », elle allait lui tordre le cou. Quoiqu'elle n'en ait sûrement pas la force. Depuis son accident, elle souffrait de terribles migraines et celle-ci risquait de l'envoyer au tapis. Elle voulait que Tonino parte avant que la souffrance ne la submerge. Elle peinait à maîtriser les tremblements de sa voix :

— Nous sommes d'accord sur ce point. Mais je pense que nous en avons assez dit pour ce soir. Finn se lève tôt et j'ai besoin de dormir avant qu'il ne se réveille. Nous déciderons de la suite des événements après une bonne nuit de sommeil.

Il marqua une longue pause, les lèvres pincées.

— La suite est très simple. Nous allons dire à Finn que je suis son père et que je fais partie de sa vie.

— Très bien.

Elle aurait accepté n'importe quel caprice pour le voir partir. Elle appuya les doigts contre sa tempe dans l'espoir d'apaiser la douleur. Il lui lança un sourire polaire.

— Et, *dolcezza*, soyons clairs, si tu essaies de t'enfuir avec mon fils avant le lever du jour, je n'hésiterai pas à lancer l'offensive pour obtenir sa garde exclusive. Et c'est une bataille que je gagnerai sans effort.

Puis il quitta la suite sans un regard en arrière.

Tonino prit une profonde inspiration avant de frapper à la porte d'Orla. Il avait beaucoup réfléchi depuis la veille, et sa fureur s'était apaisée. Son comportement n'avait pas été beaucoup plus admirable que ce dont il avait accusé Orla, même si leurs torts étaient différents. Pour le bien de son fils, il voulait tendre un rameau d'olivier.

La porte s'ouvrit et Orla l'accueillit d'un regard méfiant.

— C'est un peu tôt, tu ne crois pas ?

Il s'accorda une seconde pour admirer ses beaux cheveux désordonnés, cascadant sur ses épaules graciles, dont il se souvenait si bien. Une vague de désir le submergea lorsqu'il songea au premier matin qu'ils avaient partagé. Ils avaient pris leur douche ensemble et il s'était attendu à ce qu'elle s'enferme ensuite dans la salle de bains pour se maquiller, comme l'avaient toujours fait ses autres amantes. Mais Orla ne semblait même pas l'avoir envisagé. Qu'elle se soit sentie si à l'aise avec elle-même, et avec lui, l'avait empli d'un sentiment étrange… Un sentiment qui menaçait de l'engloutir de nouveau.

Il avait désiré Orla avec une passion qu'il n'avait plus jamais ressentie. Il n'arrivait pas à croire que ces émotions enflammaient encore ses veines après tant d'années. Il tenta d'ignorer son parfum suave et entra dans la pièce. Pas question de se focaliser sur les jolies lèvres d'Orla et la façon dont son corps réagissait à sa présence ; il n'était là que pour son fils.

— Tu as dit que Finn était un lève-tôt. Il doit tenir de moi.

Bien sûr, il n'avait pas fermé l'œil. Comment aurait-il pu dormir après les découvertes de la journée ?

— Tonino, il est 6 h 30.

— Je sais. Où est-il ?

— Il se promène avec son infirmière dans les jardins.

— Déjà ?

— Il est réveillé depuis une heure.

S'il avait su, il serait descendu plus tôt, au lieu de marcher de long en large dans sa propre chambre.

— Quand reviendra-t-il ?

— Je ne sais pas. S'il trouve quelque chose d'intéressant, pas tout de suite.

— Il aime être dehors ?

Il avait tant à apprendre sur son fils. Trois ans d'existence à rattraper.

— Il adore. Malheureusement, on n'appelle pas l'Irlande « l'île d'Émeraude » pour rien. Nous avons plus de jours de pluie que de jours de soleil.

Elle s'était perchée sur le rebord de la fenêtre, pensive. Elle glissa une mèche sombre derrière son oreille en laissant voguer son regard en contrebas.

— Si tu m'épouses, tu auras du soleil tous les jours.

Elle se tourna brusquement vers lui, les yeux écarquillés.

— Pardon ?

Tonino s'assit dans un fauteuil et soutint son regard.

— J'ai beaucoup réfléchi. Je veux faire partie de la vie de Finn, et pour cela la meilleure solution serait que tu acceptes de m'épouser.

5.

Dieu merci, Orla était assise. Elle n'aurait pas donné cher de son équilibre, dans le cas contraire.

— Est-ce que tu es ivre ?

Il n'en avait pas l'air. Il avait les cheveux humides et, même à plusieurs mètres de lui, elle devinait l'odeur fraîche de son savon. Le parfum de sa peau était si intime qu'il aurait suffi à réveiller sa mémoire à lui seul.

Il ne s'était pas rasé, mais il était parfaitement éveillé, les yeux sombres et vifs, concentrés sur elle. Il avait remplacé son costume de la veille par un chino ardoise et une chemise sombre qui soulignait sa silhouette haute et musclée.

Oh ! il était encore plus sublime que dans ses pauvres souvenirs. Les quatre dernières années n'avaient pas été tendres avec elle ; son corps était méconnaissable, marqué par les cicatrices, bien différent de celui que Tonino avait admiré jadis. Elle ne s'était jamais considérée comme vaniteuse, jusqu'au jour où elle avait éclaté en sanglots en voyant son corps nu dans le miroir, après son accident. Pendant ce temps, Tonino n'avait fait qu'embellir. Adonis lui-même aurait pleuré de jalousie.

C'était elle qui avait proposé à l'infirmière d'emmener Finn dans les jardins ; elle était certaine que Tonino viendrait tôt, et elle voulait se préparer avant de le revoir. Mais il était arrivé avant qu'elle ne puisse se laver et se cacher derrière un peu de maquillage ; et voilà qu'elle devait lui faire face sans armure, les cheveux en bataille et le peignoir froissé. Il avait l'intention de la prendre de court, elle l'aurait parié.

Elle n'aurait pas dû se soucier de son opinion, mais elle ne pouvait s'en empêcher. Aujourd'hui, elle n'avait plus que sa fierté. Son apparence était un énième désavantage, et elle se sentit rougir sous son regard attentif.

— Nous marier résoudrait tous nos problèmes, déclara-t-il avec l'assurance d'un homme habitué à donner des ordres.

Son estomac se retourna. Elle comprenait son raisonnement, réellement, mais comment pouvait-il se montrer si arrogant et si implacable ? Et pourquoi son cœur battait-il si fort, ressuscité par sa simple présence ?

— Tu connais l'existence de Finn depuis quelques heures, et tu as passé ton temps à m'insulter depuis. Mais d'un seul coup tu veux m'épouser ? siffla-t-elle, les dents serrées.

Il n'eut même pas la décence d'avoir l'air penaud.

— Je veux que mon fils porte mon nom, je veux être reconnu comme son père.

— Pas besoin de mariage pour cela.

— Mon fils mérite…

Le tumulte qui bouillait en elle depuis la veille explosa.

— Pour l'amour du ciel, arrête ton cinéma ! « Mon fils » par-ci, « mon fils » par-là ! Tu ne sais rien de Finn, et t'entendre le traiter comme s'il t'appartenait me rend folle !

Il se raidit, le visage froissé de mépris.

— Si tu ne l'avais pas gardé pour toi, je saurais déjà tout de lui. Je suis son père, Orla, et j'ai bien l'intention de faire partie intégrante de sa vie et d'endosser toutes les responsabilités qui me reviennent.

Sa fureur s'évanouit aussi vite qu'elle était apparue, et elle prit son visage dans ses mains, honteuse. Elle respira profondément pour ravaler ses larmes, et ne releva les yeux qu'après s'être assurée qu'elle n'éclaterait pas en sanglots.

— Je suis désolée, murmura-t-elle. Je sais que tu as le droit de faire partie de sa vie, mais c'est difficile d'entendre tes menaces et tes exigences alors que tu ne sais rien de notre vie et des obstacles que nous avons dû surmonter. Tu ne peux pas te contenter de claquer des doigts, Tonino. Je ne vais pas obéir à tes caprices. Être père, cela se mérite.

Comme elle avait dû mériter d'être la mère de Finn.

Quand elle avait enfin quitté le centre de rééducation, Finn avait déjà dix-huit mois et, même s'il était trop jeune pour comprendre le concept de maternité, il traitait Aislin comme sa maman. Elle ne lui avouerait jamais, mais voir son enfant graviter naturellement vers sa sœur plutôt qu'elle-même avait été insupportable. Il avait fallu à Finn une année entière pour venir à elle d'instinct lorsqu'il avait besoin d'amour.

Tonino plissa les yeux, mais son regard s'était adouci.

— Alors arrête de me combattre. Fais ce qu'il y a de mieux pour Finn.

— C'est ce que j'ai toujours fait.

— Dans ce cas, épouse-moi.

Le cœur battant, elle se prit à le scruter à son tour, dans l'espoir peut-être de lire ses pensées sur son visage magnifique. En vain.

— Nous marier n'est pas une bonne solution. Un mariage de convenance ne ferait que blesser Finn. Il est heureux, tu sais, mais il a déjà surmonté assez de difficultés.

— Je ne vois pas pourquoi notre mariage serait malheureux. Nous nous entendions très bien, à l'époque.

— Nous sommes restés ensemble une dizaine de jours. Nous ne nous connaissons pas.

Pas du tout, puisqu'il lui avait allègrement caché sa véritable identité ; une riposte qu'elle garda pour elle, dans l'intérêt de leur fragile entente.

— Nous savons le plus important.

— C'est-à-dire ?

— Notre… compatibilité.

— Pardon ?

Un éclat irrésistible étincela dans ses yeux sombres. Elle se sentit frémir sous la brûlure de son murmure :

— Toi et moi. Je me souviens que nous étions extrêmement compatibles.

Au fond de son cœur, une exaltation enflammée pulsait si fort qu'elle en oublia de répondre. Elle se noya dans ses yeux chocolat, et le brasier de sa convoitise se propagea dans ses veines et lécha délicieusement sa peau ; chaque atome, chaque parcelle de son corps criait son assentiment et la suppliait de le rejoindre. Elle s'arracha brutalement à son regard, le souffle court.

Elle s'était attendue à une autre dispute, pas à des mots envoûtants et une demande en mariage. Et, de toute évidence, elle résistait mieux à l'agressivité qu'à la séduction.

Elle s'était tournée vers la fenêtre, mais elle sentait toujours son regard chaud courir comme un frisson sur sa peau. Elle croisa les bras et ferma les paupières.

Elle se souvenait de s'être réveillée dans ses bras, mais les nuits qu'ils avaient passées ensemble restaient inaccessibles. Avec un peu de chance, elles ne lui reviendraient jamais. Elle ne pouvait supporter l'idée de s'être donnée à un homme qui l'avait utilisée pour son propre plaisir. Sa gorge se serra.

— Je ne veux pas t'épouser. Ce serait un désastre.

Tonino s'était attendu à un refus, mais il savait que le mariage était la solution à tous leurs problèmes. Comment pourrait-il être un bon père s'il ne vivait pas dans le même pays que son fils ? Il allait devoir la convaincre ; mais quelques jours suffiraient à abattre les barrières qui les séparaient encore, n'est-ce pas ? Leur attirance brûlait entre eux comme un flambeau. Chaque mot échangé était chargé de leur passion mutuelle. Il reconnaissait ses gestes familiers, la façon dont elle coinçait une mèche sombre derrière son oreille… Combien de fois avait-il rêvé de ce geste si simple et si innocent ?

Elle avait été une bouffée d'air frais dans sa vie ; elle l'avait libéré d'un monde de cynisme. Pendant dix jours magiques, il avait savouré chaque seconde avec elle. Pour la première fois, il s'était uni à une femme qui ne l'appréciait que pour lui. Leur alchimie avait été si profonde, si instinctive. L'intensité et l'abandon de leur première nuit lui avaient donné l'impression d'être aussi vierge qu'elle.

Au milieu des mensonges, il pouvait faire confiance au lien qui les unissait ; le besoin de la toucher murmurait dans ses veines comme une prière.

— Si tu ne veux pas m'épouser, je viendrai avec toi en Irlande pour ajouter mon nom sur l'acte de naissance.

— Cela peut attendre, non ?

— Non, *dolcezza.*

Il se leva et la rejoignit à la fenêtre. Elle dut sentir sa proximité, car son échine se raidit. Il laissa son regard s'attarder sur sa nuque. Il lui suffisait de fermer les yeux pour se souvenir de son parfum. Pour se souvenir de la douceur de sa peau. De la panique qui l'avait envahi lorsqu'il avait compris qu'elle était partie.

Mais il savait, maintenant, qu'il devait garder l'œil ouvert avec Orla. Il ne la laisserait plus lui mentir, ni disparaître.

— Je comprends pourquoi cela n'a pas été fait plus tôt, mais il est temps.

Il ne pouvait pas la forcer à l'épouser, mais il pouvait assurer ses arrières et se protéger légalement.

Elle se tourna vivement vers lui. Il n'avait pas réalisé, jusqu'ici, à quel point il était proche ; il voyait les étoiles discrètes de ses taches de rousseur sur son joli nez.

— Tu comprends ? Tu… me crois ?

— J'ai parlé avec Dante hier soir, admit-il. Il a confirmé ta version des faits. L'accident, les problèmes de mémoire.

La confirmation de Dante l'avait ébranlé. Il était soulagé, bien sûr ; elle n'avait pas brisé sa confiance autant qu'il l'avait cru. Mais un autre sentiment s'était insinué en lui, une inquiétude qui lui rongeait les entrailles…

Orla expira profondément avant de presser son front contre la vitre.

— Je comprends que tu ne m'aies pas crue sur parole…

— Tu m'as tout de même caché ta grossesse, et cela ne change pas mon opinion sur ce point, rétorqua-t-il. Mais je préfère laisser cela derrière nous, pour le bien de Finn.

Elle laissa échappa un petit rire sec.

— Ta magnanimité est exemplaire.

Les yeux fixés sur elle, il posa soudain les mains sur le rebord de la fenêtre, de part et d'autre de ses cuisses.

— Est-ce que tu te moques de moi ?

Le rouge lui monta aux joues.

— Je me demande simplement où est la preuve que tu avais bien rompu avec Sophia avant de m'inviter dans ton lit.

— Je n'ai jamais trompé personne. Dans mon monde, l'honneur est primordial. Un homme à qui on ne peut pas faire confiance n'a aucune valeur.

— Oh ! c'est toi qui te moques de moi, maintenant. Un homme de parole, hein ? Alors que tu m'as laissé croire que tu n'étais que le gérant d'un hôtel de seconde zone au lieu de son propriétaire milliardaire ?

— Je ne t'ai jamais menti, Orla. Je n'ai rien *dit*.

— Dans ce cas, tout va bien !

Elle affichait un sourire sarcastique, mais il devinait sa respiration agitée ; il dut se pencher vers elle pour entendre le reste :

— Tu ne m'as pas menti avec des mots, très bien. Tu n'acceptes de me croire que parce que Dante a confirmé ma version, mais je dois accepter ta version des faits simplement parce que tu me l'ordonnes. Et tu ne comprends toujours pas pourquoi l'idée que tu apposes ton nom sur l'acte de naissance de Finn me met mal à l'aise ?

Il aurait pu se noyer dans les profondeurs émeraude de ses yeux. Le peignoir d'Orla s'était ouvert à la taille et révélait ses jambes. La vision de ses cuisses découvertes fit bouillir son sang.

— Je veux juste être son père.

Dio, sa voix aussi n'était plus qu'un murmure.

— Et l'attestation légale de ma paternité est importante pour moi. Je n'ai pas envie d'aller au tribunal pour l'obtenir.

— C'est une menace ? coassa-t-elle.

Il serra les poings. Ses mains étaient si proches d'elle qu'il aurait pu effleurer ses cuisses soyeuses en dépliant les doigts. Un magnétisme enivrant fourmillait dans ses membres. Il déglutit difficilement.

— Une menace que je ne veux pas mettre à exécution.

La nuit dernière, furieux, il n'avait pensé qu'à ses droits et à la séparation qu'elle leur avait infligés, à lui et à Finn. La colère susurrait encore en lui aujourd'hui. Il douterait toujours qu'elle ait réellement eu l'intention de lui parler de sa grossesse, accident ou non ; mais il ne pouvait nier qu'il ne connaissait pas son fils. Et son fils ne le connaissait pas. Sur ce point, elle avait raison. Petit, il avait adoré sa mère comme une déesse ; lui être arraché lui aurait brisé le cœur.

— Qu'est-ce que tu as l'intention de faire avec l'attestation légale, alors ? souffla-t-elle.

Elle était toute proche, si proche.

— Simplement *être* son père. Orla, je ne veux pas obtenir sa garde exclusive. Je veux juste faire partie de sa vie.

— Tu ne vas pas m'attaquer en justice ?

— Je sais que nous avons du travail devant nous avant de réussir à nous faire confiance, mais je te donne ma parole que, si tu n'essaies pas de te jouer de moi, je n'essaierai jamais de t'enlever Finn.

— C'est toujours une menace.

Leurs visages étaient si proches qu'il décelait l'arôme mentholé de son dentifrice sur son souffle court.

— Je veux juste que tu m'acceptes comme son père.

Ses yeux verts s'étaient embrumés, et, le visage incliné, elle finit par chuchoter :

— Bien sûr, que je t'accepte comme son père.

— Alors recommençons à zéro, d'accord ?

Ses lèvres brûlaient de ravir les siennes, et une onde électrique vibra sur sa peau alors qu'il se penchait vers elle.

— Laissons le passé derrière nous, pour Finn, et tournons-nous vers l'avenir…

Au moment où sa bouche allait effleurer la sienne, la porte de la suite s'ouvrit brusquement. Une explosion ne les aurait pas séparés plus brutalement. L'infirmière poussa le fauteuil de Finn dans la pièce.

— Tu n'as pas encore pris ta d… Oh !

Les joues écarlates, Orla bondit du rebord de fenêtre et s'élança vers Finn, les mains tremblantes.

— Pourrais-tu nous laisser une petite dizaine de minutes, Rachel, s'il te plaît ?

L'infirmière lança un coup d'œil à Tonino.

— Bien sûr.

Il ne prêta pas attention au reste de leur conversation,

ou au départ de l'infirmière. Son désir s'était estompé aussi vite qu'il était venu. Il était focalisé sur le petit garçon attaché dans son fauteuil roulant. Évidemment, Finn n'avait pas compris qu'il avait interrompu quoi que ce soit. Orla s'agenouilla devant lui et le souleva avec précaution avant d'aller s'asseoir sur le canapé.

— Finn, tu te souviens quand je t'ai dit que tu avais un papa mais que je l'avais perdu ?

Sa voix était calme et égale. Finn hocha la tête.

— Et quand je t'ai promis que je le retrouverais ?

Lui avait-elle vraiment dit cela ? Visiblement : Finn hocha de nouveau la tête.

— Eh bien… Je l'ai retrouvé.

Finn leva vers lui ses yeux sombres, si familiers, et trouva son regard. Tonino retint son souffle.

— Finn, continua Orla, ce monsieur… est ton papa.

Pendant un long moment de silence, le père et le fils se contemplèrent sans bouger. L'expression de Finn était ouverte, pleine de curiosité. Tonino, le cœur battant, attendait qu'il prenne la parole, qu'il ouvre les bras, qu'il lui demande de le porter comme il l'avait demandé à Dante dans la cathédrale.

Quelle naïveté. Non, au lieu de se jeter dans ses bras comme il avait passé la nuit à l'imaginer, son fils détourna finalement le regard et s'enquit :

— Maman, on joue aux cubes ?

6.

Pourquoi avait-elle accepté de retourner en Irlande avec le jet privé de Tonino ? Au moins, elle connaissait les attributs du luxe, grâce à Dante. Avoir un frère était encore nouveau pour elle, et, ces derniers jours, elle avait presque oublié que Dante l'aiderait autant qu'Aislin. Quatre ans plus tôt, lorsqu'elle avait découvert qu'elle était enceinte, Dante et elle n'avaient pas encore pris contact. Elle n'aurait pas pu dépendre de lui. Mais aujourd'hui, si Tonino décidait de la traîner en justice, elle ne serait pas sans défense.

Qui plus est, elle était plus forte que quatre ans auparavant. Son accident avait au moins le mérite de l'avoir endurcie. Elle ferait bien de puiser dans cette nouvelle détermination, si elle voulait tenir Tonino à distance.

Ils s'étaient presque… embrassés. Embrassés ! Elle sentait encore sur ses lèvres la tiédeur de son souffle, et l'anticipation d'un baiser interdit. C'était juste un moment de faiblesse ; il était tôt, elle était fatiguée, encore migraineuse. Certes, elle s'était sentie fondre et brûler, mais il y avait forcément une meilleure explication que… Que *quoi* ?

Comme Finn et son infirmière voyageaient avec eux, ils avaient dû s'en tenir à des banalités depuis leur départ. Tonino avait entrepris d'interroger l'infirmière sur la condition de Finn pendant qu'Orla lisait une histoire au petit garçon. Elle n'aurait pas dû être aussi agacée par la situation, mais entendre Rachel glousser et s'extasier la faisait grincer des dents. Elle avait une terrible envie de leur jeter le livre d'images à la figure.

Elle ne retrouva son calme qu'en atterrissant sur le sol irlandais. Elle était à la maison, désormais. Elle inspira profondément l'air délicieusement familier.

Le trajet jusqu'à Dublin était court.

— Merci de m'avoir ramenée, lança-t-elle lorsque le chauffeur de Tonino s'arrêta devant chez elle.

— Tu ne vas pas m'inviter à entrer ?

Oh ! comme elle aurait voulu dire non et déguerpir en lui claquant la portière au nez ; mais ce serait injuste, n'est-ce pas ? Il avait le droit de voir la maison de son fils.

— Si tu insistes…

Elle s'en voulut presque de sa froideur, mais le sourire ravi de Rachel ressuscita son agacement presque aussitôt.

— C'est joli, ici, commenta Tonino en entrant dans le spacieux vestibule.

La maison était nichée dans une rue paisible et arborée. Les pièces étaient larges et lumineuses, parsemées de livres et de jouets, mais scrupuleusement propres. L'intérieur était douillet et chaleureux, et il se prit à sourire.

— Merci, marmonna-t-elle.

Il s'était agenouillé devant Finn et effleura la petite main.

— Hé, tu voudrais me montrer ta chambre ?

Finn leva les yeux vers sa mère. Elle hocha la tête avec un sourire rassurant.

— Tu vas devoir le porter, il ne peut pas monter les escaliers tout seul. C'est la première porte à gauche.

— Je vous accompagne, proposa l'infirmière.

— Je suis sûr que Finn et moi pouvons nous en sortir tout seuls, répondit-il aimablement.

Curieux d'en savoir plus sur la condition de Finn, il avait passé une bonne partie du voyage à lui poser des questions ; il était certain que leur conversation avait considérablement agacé Orla, mais lui-même se sentait… léger. Confiant. Quitter la Sicile avec son fils et avec sa future femme lui avait mis du baume au cœur. Car, il en était sûr, Orla finirait bien par admettre la nécessité de leur union.

Il détacha Finn de son fauteuil et le souleva délicatement. Il n'avait jamais porté un fardeau plus précieux ou plus fragile, et son cœur se réchauffa lorsqu'il sentit le pouls de son fils contre sa poitrine et ses petits bras autour de sa nuque. Les grands yeux bruns le fixaient solennellement. Tonino lui rendit son regard, submergé par l'émotion.

Avant de se tourner vers l'escalier, il jeta un coup d'œil à Orla, et son cœur rata un battement.

Il inspira profondément et emmena son fils à l'étage. Il retint son souffle en ouvrant la porte de sa chambre : la pièce était un paradis pour petit garçon, décorée de dinosaures et d'étoiles phosphorescentes, pleine de jouets, de puzzles, de cubes, de Lego, de livres et de peluches…

Mais il ne pouvait ignorer les barreaux du lit, et les caméras fixées dans les coins, et l'équipement médical qu'il devrait apprendre à manipuler. Il ne pouvait ignorer que cette chambre avait été pensée pour un enfant handicapé – son enfant. Et, alors que son regard passait d'une machine à l'autre, il se jura qu'il ferait tout pour que son fils ait la vie la plus heureuse et la plus confortable qui soit.

D'abord l'avion, et maintenant le dîner. Pour la deuxième fois de la journée, Orla maudit les talents de persuasion de Tonino. Elle avait cru qu'elle pourrait se débarrasser de lui facilement – il avait pris une gorgée de son horrible café instantané, froncé le nez, reposé sa tasse, et s'était éclipsé sans demander son reste. Au bout d'une heure, elle avait naïvement espéré qu'il s'était installé dans son hôtel et ne le quitterait plus ce soir-là. Peine perdue. Il était revenu avec une grande boîte sous le bras. Une cafetière.

— Où est-ce que tu l'as trouvée ? Les magasins sont fermés le dimanche.

Il s'était contenté d'un petit clin d'œil insolent avant de repartir. Il était réapparu une heure plus tard, avec un grand sac rempli de plats chinois et une bouteille de vin.

— Je me suis dit que tu devais avoir faim, avait-il

expliqué en allumant tranquillement le four. Tu n'as cuisiné que pour Finn.

— Je n'ai pas eu le temps de faire les courses.

Elle s'était soudain souvenue qu'ils s'étaient fait livrer chinois dans son appartement de Palerme, et des larmes incompréhensibles lui étaient montées aux yeux.

Il avait laissé la nourriture à réchauffer et l'avait aidée à donner son bain à Finn, puis à le border. Sa proximité, dans la salle de bains et dans la chambre de Finn, l'avait rendue plus nerveuse encore. Elle aurait voulu se focaliser exclusivement sur son fils, mais elle avait l'impression d'être entrée en orbite autour de Tonino ; elle était douloureusement consciente de chacun de ses mouvements, de ce presque baiser qui lui avait fait l'effet d'un électrochoc. Mais c'était sans importance : elle finirait par s'habituer à sa présence. Bientôt, la tension qui lui déchirait la poitrine s'adoucirait, et son pouls reprendrait son rythme paisible. Elle ne frémirait pas en croisant son regard chaleureux ou en humant son parfum poivré. Il n'avait pas menti, le matin même, lorsqu'il lui avait promis une trêve. Il était calme et courtois avec elle. S'il était encore en colère, il le cachait bien.

Et maintenant… Maintenant, ils étaient assis ensemble dans sa cuisine. Tonino était visiblement affamé. Il s'était servi du vin ; elle n'avait pris que de l'eau. Elle avait l'estomac noué et des difficultés à manier sa fourchette. Son regard revenait comme un aimant vers l'homme magnifique qui lui faisait face. C'était la première fois qu'ils étaient seuls depuis que Finn était revenu de sa promenade, treize heures plus tôt. Depuis qu'ils s'étaient presque embrassés.

Seule avec lui, elle ne pouvait lutter contre l'envoûtement qui l'avait consumée quatre années plus tôt, ce même magnétisme qui, pendant dix jours, l'avait tenue dans un état d'embrasement sulfureux.

— Tu te sens mieux ? s'enquit-il.

— Pourquoi tu me demandes cela ?

— Si les regards pouvaient tuer, je serais tombé raide mort dans l'avion, dit-il en souriant.

Elle s'efforça de ne pas rougir mais détourna le regard.

— J'avais hâte de rentrer à la maison.

— Ah, bien sûr. Tu vis ici depuis longtemps ?

— Quatre mois.

— C'est Dante qui te l'a achetée ?

— Non, Aislin.

Sa sœur avait obtenu cet argent en acceptant de prétendre être la fiancée de Dante pendant un week-end, avant qu'elle ne tombe réellement amoureuse de lui.

— Dante a payé les travaux d'accessibilité.

Elle termina son verre d'eau en regardant le vin avec envie. L'alcool l'aurait aidée à se détendre… ou à s'endormir, tout au moins.

La compagnie de Tonino n'avait rien d'apaisant. Maintenant que leur passé commun lui était revenu pour la plus grande partie, elle se prenait à rejouer ses souvenirs ; ils étaient aussi vivaces que s'ils dataient de quelques jours. Elle avait été à l'aise, à cette époque. Tout avait été si facile, plus facile qu'avec quiconque auparavant. Comme si elle l'avait côtoyé toute sa vie, cet inconnu qui l'avait électrisée d'un simple coup d'œil.

À son grand dam, cette réaction-là n'avait pas changé. Chaque fois qu'il tendait la main vers son verre et que ses muscles roulaient sous sa chemise, un frisson la traversait. Chaque fois qu'elle croisait son regard, son cœur accusait un sursaut. Ses yeux revenaient irrésistiblement à ses lèvres…

— Vous ne vous êtes rencontrés que récemment, toi et Dante, n'est-ce pas ? demanda-t-il.

Oh ! et sa voix chaude la faisait défaillir. Elle hocha la tête.

— J'ai toujours su qu'il existait, cela dit.

— Pourquoi ne l'as-tu pas cherché il y a quatre ans ?

— Je ne pouvais pas vraiment aller voir un inconnu et lui apprendre que j'étais sa petite sœur secrète, n'est-ce pas ? Ça aurait été injuste de ma part.

— Hum. Alors, dis-moi, étais-tu vraiment en Sicile pour retrouver ton père ?

— Bien sûr.

— Tu ne l'avais jamais vu ?

— Je n'en avais jamais eu le droit.

— Pourquoi ?

— J'étais son sale petit secret.

Il grimaça.

— Qu'est-ce qui t'a fait changer d'avis, dans ce cas ?

— J'ai grandi, dit-elle dans un sourire. J'avais deux semaines de liberté devant moi… Je me suis réveillée un matin, déterminée. C'était maintenant ou jamais.

— Et tu as pu le rencontrer ?

— Non. Il était en déplacement quand je lui ai rendu visite, le premier jour. J'y suis retournée quand tu étais en Toscane, mais je ne me souviens pas de ce qui s'est passé.

— Alors peut-être que tu l'as vu ?

— Non, j'ai dit à Aislin que je n'avais pas pu. Et…

Elle inspira profondément.

— Je suis certaine que c'est vrai. Chaque fois que je pense à lui, j'ai envie de pleurer.

Tonino contempla son visage légèrement détourné, ses paupières baissées, et son cœur se serra.

— Pourquoi ne pas m'en avoir parlé, Orla ? J'aurais pu t'aider… Nos pères sont de vieux amis.

— Comment aurais-je pu le savoir ? Tu ne m'avais pas dit ton vrai nom.

Le ton était poli, mais le reproche était limpide.

— Nous étions amants, Orla. Tu aurais pu me dire quelle était la vraie raison pour laquelle tu étais venue dans mon pays.

La mention de leur liaison la fit rougir.

— Peut-être, et tu aurais pu me dire que tu étais le propriétaire de l'hôtel.

— Nous y voilà…, fit-il avec bonne humeur.

Il devait admettre qu'elle avait la réplique facile ; la Orla qui lui faisait face était bien plus mordante que celle qu'il avait connue jadis.

— Nous avons bien caché notre jeu, pour deux personnes si… intimes.

— Ne commence pas, menaça-t-elle, les joues écarlates.

— Si je n'avais pas commencé, nous n'aurions pas conçu Finn, rétorqua-t-il en riant.

Il avala le reste de son vin. En voyant le verre vide, elle lui offrit un sourire dangereusement mielleux.

— Et, sur ce, il est temps que tu partes, susurra-t-elle.

— Tu me jettes dehors ?

— Il n'y a plus rien à manger, et il est tard.

— Tu n'as pas peur que je n'aie nulle part où aller ?

— Tu ne dormiras pas ici, n'essaie pas de marchander.

— Je n'oserais pas. J'ai pris une chambre.

— Parfait. Vas-y, alors.

— Même pas un petit café ?

— C'est la dernière chose dont j'ai besoin ce soir.

— Alors je viendrai en prendre un tôt demain matin.

— Si tu viens aussi tôt qu'aujourd'hui, tu devras attendre sur le palier.

Il se redressa avec un petit rire.

— À demain, Orla.

Il s'en fut avec un grand sourire aux lèvres.

— Tu es l'homme le plus agaçant du monde, s'exclama Orla en ouvrant la porte, le lendemain matin.

Tonino jeta un coup d'œil à sa montre avec une expression si innocente qu'elle dut retenir un éclat de rire.

— Tu m'as dit de ne pas venir aussi tôt qu'hier.

— Donc tu t'es alloué quoi, une demi-heure de plus ? Il est à peine 7 heures !

— Et tu es levée, habillée et superbe, déclara-t-il.

Elle était aussi jolie et aussi fraîche que le beau ciel bleu de Dublin. Dans sa robe verte mi-longue, avec ses cheveux détachés, ses pommettes rosées et une touche de mascara pour souligner ses grands yeux émeraude, elle était absolument adorable.

Bientôt, il se le jurait, Orla lui ouvrirait avec un sourire et un baiser plutôt qu'un sermon. Il était resté éveillé tard, la veille, bercé par le souvenir des jours qu'ils avaient passés ensemble. Il comprenait soudain pourquoi les quelques aventures qu'il avait eues après elle s'étaient éteintes aussi vite qu'elles avaient démarré. Le spectre d'Orla était resté avec lui. S'il parvenait à l'épouser, au moins, il se délivrerait de cette emprise. Il aurait son fils dans sa vie, et Orla, dans son lit. Bien sûr, il ne pourrait jamais lui faire confiance ; mais était-ce nécessaire ? Un mariage l'empêcherait de reprendre la fuite avec son fils.

Finn était assis dans sa chaise haute, à la table de la cuisine. Il accueillit Tonino avec un petit signe de la main.

— Finn est en train de petit déjeuner. Tu peux te faire un café pendant que nous terminons, proposa Orla.

Malheureusement, ce n'était pas son sixième sens qui l'avait poussée à se lever aux aurores ; c'était un rêve particulièrement torride, dans lequel Tonino avait tenu le rôle principal. Elle s'était réveillée en sursaut, le cœur battant la chamade, brûlante, tremblante, sans savoir si le rêve était né de sa mémoire ou de son imagination ; elle s'était jetée sous la douche pour dompter ce corps déterminé à lui désobéir.

— Café ? chuchota la voix chaude de Tonino à son oreille.

— Non, merci. Tu veux manger quelque chose ?

— J'ai pris mon petit déjeuner à l'hôtel.

Leurs regards se croisèrent. Elle était tendue à craquer.

— Où t'es-tu installé ?

— À Bally House. Tu y es déjà allée ?

— J'aimerais bien, répondit-elle avec un soupir.

Bally House Hotel avait été, jadis, un village médiéval ayant sa propre église et son moulin. À la suite d'un extraordinaire projet de rénovation, l'endroit était devenu la destination favorite des milliardaires et des célébrités.

— J'ai essayé de convaincre Aislin d'épouser Dante là-bas, mais elle voulait absolument se marier en Sicile.

— Nous pouvons nous marier à Bally House.

— Nous n'allons pas nous marier.

— Je suis sûr que je parviendrai à te convaincre, *dolcezza.*

— Et je suis sûre que tu es aussi arrogant qu'agaçant. Je ne t'épouserai pas, un point c'est tout.

Dieu merci, les pas de Rachel dans l'escalier coupèrent court à la conversation ; mais le regard de Tonino était clair. Il n'avait pas l'intention d'oublier sa proposition de sitôt.

7.

— Tout va bien, Orla ?

Depuis qu'ils avaient quitté la mairie, où ils avaient officiellement ajouté le nom de Tonino sur l'acte de naissance de Finn, Orla était restée silencieuse. Le visage détourné, le corps pressé contre la portière, elle semblait prête à prendre la fuite.

— Bien sûr, dit-elle d'un ton qui suggérait le contraire.

— Tu sais que c'est une bonne chose, n'est-ce pas ?

— Oui, admit-elle en se tournant enfin vers lui. Oui, j'ai toujours eu l'intention de retrouver le père de Finn. Toujours.

Il baissa les yeux vers son fils, son fils *légal*, qui dormait à poings fermés dans son siège auto.

Il aurait aimé la croire. Pour Finn. Mais elle avait délibérément choisi de lui cacher sa grossesse, avant l'accident. Les machinations puériles de Sophia n'étaient qu'une excuse. Orla aurait dû le contacter immédiatement, fiancée ou non. Au lieu de cela, elle avait accepté les mensonges de Sophia sans sourciller, puis avait décidé de le punir en lui cachant sa grossesse. Elle lui avait arraché trois années de paternité. Et Tonino était un homme rancunier.

Ce fut elle qui finit par briser le silence.

— Je peux te demander quelque chose ?

Il se força à se détendre et hocha la tête.

— Je t'écoute.

— Hier soir, tu as dit que nos pères étaient amis. Tu connaissais bien Salvatore, alors ?

— Plutôt bien. Pourquoi ?

— J'en sais si peu sur lui. Je n'en parle pas beaucoup à Dante car je sais que mes questions le mettent mal à l'aise. Je crois qu'il se sent coupable d'avoir été si proche de son père alors que Salvatore m'a abandonnée.

Personne n'avait jamais su que Salvatore Moncada avait eu une enfant naturelle, pas même le père de Tonino, qui avait été son meilleur ami. Comment son père réagirait-il en apprenant que la fille illégitime de Salvatore était la mère de son petit-fils ? Sans doute l'accueillerait-il à bras ouverts, tout comme sa mère. Ces dernières années, leurs rares conversations s'étaient focalisées sur ses projets matrimoniaux. À leurs yeux, il se devait de trouver une remplaçante convenable à la fiancée qu'il avait abandonnée avec tant d'insolence. Pour eux, Sophia était parfaite : belle, riche et venue d'une grande famille sicilienne. Leurs fiançailles avaient été célébrées comme une union royale. En les rompant, il avait provoqué la fureur de sa famille ; ses parents l'avaient accusé de déshonorer leur nom, de détruire leur longue amitié avec les Messina.

Son père l'avait menacé, sa mère avait manqué de le gifler. Aucun des deux n'avait voulu admettre qu'un mariage avec Sophia le destinait au malheur et à l'amertume.

Avec un soupir, il s'efforça d'adoucir sa perspective. Pendant les trente premières années de sa vie, ses parents lui avaient porté un amour inconditionnel, alors que Salvatore n'avait même pas daigné rencontrer Orla. Et où était sa mère ? Elle n'était pas présente au mariage d'Aislin…

— Ton père était un homme complexe, soupira-t-il. Il était joueur et séducteur. C'était aussi un merveilleux conteur. Il égayait les anecdotes les plus insignifiantes. Mais il n'était pas digne de confiance, ni au sujet de l'argent ni avec les femmes.

Elle écarquilla les yeux.

— Il les importunait ?

— Non. Les femmes l'adoraient. Certaines, un peu trop. Il a brisé beaucoup de cœurs.

Elle pinça les lèvres, pensive.

— Il n'a pas brisé celui de ma mère.

— Elle a bien fait de ne pas tomber amoureuse.

— Mais elle aurait mieux fait de ne pas tomber enceinte. Surtout d'un homme marié, rétorqua Orla en fermant les yeux. Mais je ne devrais pas la juger. J'ai fait la même chose.

— Je n'étais pas marié, et je n'étais plus fiancé. Et tu n'es pas tombée enceinte toute seule : il faut être deux.

Elle leva les yeux vers lui, les joues rosies.

— Nous ne nous sommes pas protégés ?

— Bien sûr que si.

— Alors comment suis-je tombée enceinte ?

— Nous n'étions pas toujours aussi prudents que nous aurions dû l'être…

Plusieurs fois, ils s'étaient unis au petit matin, bienheureux et somnolents ; il était déjà profondément en elle avant de songer au préservatif. Il s'était retiré immédiatement, conscient du risque qu'il n'avait jamais osé prendre avec quiconque avant ou après elle.

Les yeux plongés dans ses grands yeux verts, les reins embrasés par la réminiscence de leur passion, il s'inclina lentement vers elle, assez pour humer ce parfum exquis qui attisait inévitablement son désir.

— Tu ne t'en souviens plus ?

Les joues d'Orla étaient aussi brûlantes que sa convoitise.

— J'ai beaucoup de souvenirs, mais pas de… Pas de l'acte en lui-même, dit-elle en déglutissant.

— Il y a eu plus d'un acte, murmura-t-il, penché vers elle.

Ses yeux verts s'assombrirent.

— Je ne me souviens pas de ce que nous avons fait au lit.

— Ce n'était pas toujours au lit.

Elle avait levé le menton, à un souffle de lui.

— Je n'ai pas besoin de connaître les détails.

— Mais je peux t'aider à te souvenir.

Ses lèvres roses s'entrouvrirent. Leurs visages étaient si proches qu'il sentait la tiédeur de son souffle caresser sa bouche comme le plus tendre des pétales. Puis elle ferma les yeux et recula brusquement.

— Je ne veux pas me souvenir, merci bien.

Il rit de son mensonge. Il était à l'étroit dans son pantalon, mais l'émoi visible d'Orla valait bien un peu d'inconfort.

— Tu as peur de te souvenir de ta jouissance ?

— J'ai peur de me souvenir de mon ennui.

Et voilà qu'elle devait lutter contre l'envie de croiser les jambes, parce qu'il comprendrait sans peine pourquoi… Oh ! elle avait été à deux doigts de l'embrasser. Le cœur de son intimité pulsait encore, baigné de chaleur.

Quant à lui, il se contentait de sourire, et, de cette voix sensuelle qui ne manquait jamais de la faire frémir, il répéta :

— Je peux t'aider, *dolcezza*. Tu n'as qu'un mot à dire.

— Et quel mot ferait l'affaire, dis-moi ? Si je crie « sexe » en agitant les bras, tu me jetteras sur le lit le plus proche ?

Elle regretta immédiatement son sarcasme. Tonino se pencha plus encore, les yeux étincelants.

— Oui, ce serait parfait. Ou alors tu pourrais faire ce que tu as fait pendant notre troisième nuit…

L'appât n'était pas subtil, mais elle ne put s'empêcher de mordre à l'hameçon.

— Qu'est-ce que j'ai fait ?

Un éclat appréciateur embrasa ses beaux yeux sombres avant qu'il ne se penche pour murmurer à son oreille :

— Tu t'es déshabillée pour moi, lentement, puis tu t'es couchée sur mon lit, nue, et tu t'es caressée…

— Certainement pas ! coupa-t-elle, véhémente.

Elle n'aurait jamais fait une chose pareille. Sa grand-mère ne lui avait-elle pas martelé que toute pratique hors de la procréation maritale était réservée aux catins ? Bien sûr, Tonino était l'homme le plus sexy qu'elle avait jamais rencontré ; bien sûr, son corps réagissait avec une lascivité qu'elle ne se connaissait pas ; mais se toucher, devant lui, pour l'exciter ? Jamais.

Tonino s'était écarté à son tour. Son regard circonspect ne fit qu'ajouter à sa mortification.

— *Dio*, tu ne t'en souviens vraiment pas, n'est-ce pas ?

La voiture s'arrêta. Finn se réveilla instantanément.

Les joues brûlantes de honte, Orla le détacha de son fauteuil. Ils avaient rendez-vous pour une séance de physiothérapie. Elle grimpa les marches de l'hôpital en serrant son enfant dans ses bras.

Tonino était un véritable magicien. Cette fois-ci, il avait réussi à la convaincre de laisser Finn avec son infirmière et d'aller dîner avec lui.

Depuis le début, elle s'était toujours laissé ensorceler. Quatre ans plus tôt, lorsqu'il était venu frapper à sa porte pour lui proposer de prendre un café, son refus instinctif s'était évaporé sur ses lèvres. Elle s'était sentie sourire. Elle s'était entendue dire « avec plaisir ».

Et voilà que la même excitation vibrait dans ses veines ; voilà qu'elle fouillait sa mémoire pour retrouver le souvenir de leurs ébats, et qu'elle se sentait rosir sous son regard complice. Pire encore, elle avait mis un temps fou à se préparer, comme si cette sortie avait été un rendez-vous galant plutôt qu'un dîner innocent.

Elle avait fini par choisir une blouse à manches longues et un élégant pantalon bleu. Après avoir hésité une bonne demi-heure, elle avait laissé ses cheveux lâchés et opté pour un peu d'eye-liner, de gloss et de mascara. Sobre. Hors de question que Tonino pense qu'elle s'était apprêtée pour lui.

Et pourtant, lorsqu'elle lui avait ouvert, son regard admiratif l'avait emplie de chaleur.

— Où allons-nous ? s'enquit-elle lorsqu'elle remarqua que la voiture avait débouché dans la campagne irlandaise.

C'était une des choses qui lui manquaient depuis qu'elle avait quitté sa maison à Kerry : la nature. Elle avait passé son enfance à la lisière de la forêt. Elle se réveillait en entendant le chant des oiseaux. À Dublin, seuls les bruits de klaxon parvenaient jusqu'à ses fenêtres.

— Tu verras.

Bientôt, la voiture bifurqua sur une route étroite serpentant à travers la forêt. Un peu plus loin, les arbres, plus clairsemés, formaient un arc gracile au-delà duquel apparut soudain une superbe bâtisse de pierre, entourée de magnifiques jardins. Orla s'attarda sur les rochers naturels, les bancs de marbre, les sculptures, le vaste lac où flottaient des nénuphars en fleur, et les petits cottages érigés ici et là autour du manoir principal. Son cœur s'accéléra lorsqu'elle posa la question dont elle connaissait déjà la réponse :

— Est-ce que tu m'emmènes à Bally House ?

Les photos ne rendaient pas justice à ce paradis. C'était un vrai conte de fées. Le sourire de Tonino trahit sa fierté.

— *Sì*.

Le chauffeur se gara dans la grande cour. En sortant de la voiture, Orla remarqua un couple main dans la main qui déambulait dans le parc. Un éclair d'envie la traversa, et elle croisa étroitement les bras pour faire taire le désir irrésistible de prendre la large paume de Tonino entre ses doigts.

Ils entrèrent dans le grand hall. Les trois réceptionnistes se redressèrent en les voyant. La plus âgée se hâta de les rejoindre.

— Préférez-vous commencer par un verre au bar ou vous installer immédiatement à votre table ?

— À notre table. Merci, Lorna, répondit Tonino.

Il avait passé une seule nuit ici. Comment pouvait-il être assez à l'aise pour appeler les employés par leur prénom ? Pendant qu'elle le suivait à travers diverses salles de réception parquetées de bois précieux et décorées de meubles antiques, l'admiration d'Orla s'accrut encore. Connaissait-il déjà si bien l'hôtel qu'il parvenait à les guider dans ce labyrinthe ?

Lorsqu'ils débouchèrent dans la magnifique salle de restaurant, le maître d'hôtel salua Tonino en l'appelant par son prénom et s'inclina devant Orla avant de les mener à leur table.

Avec ses murs de pierre, ses immenses cheminées et ses luxueux tapis, le restaurant représentait l'équilibre parfait entre le luxe et un confort rustique évoquant ses origines médiévales. Chaque table était ornée d'un chandelier, et six magnifiques lustres pendaient au plafond.

— Votre caisse de vin est arrivée cet après-midi, déclara le maître d'hôtel en plaçant des menus reliés de cuir sur la table. Désirez-vous une bouteille ?

— Oui, et ce que mademoiselle O'Reilly voudra.

— Juste de l'eau plate, pour moi, merci, dit-elle.

Après s'être incliné une nouvelle fois, l'homme tourna

les talons et disparut. Orla reposa immédiatement son menu et chuchota :

— Tu t'es fait livrer du vin ici ?

— Tu te souviens de mon voyage en Toscane ?

— Quand j'étais en Sicile ?

Une image traversa son esprit. Elle avait attendu devant la villa de son père, assise sur les marches. Attendu… quoi ?

Tonino hocha la tête.

— J'étais parti visiter un monastère abandonné, une propriété parfaite pour une reconversion.

Le souvenir disparut en fumée. Orla s'humecta les lèvres.

— Je l'ai acheté, continua Tonino. Je l'ai converti en hôtel spa, et le domaine, en vignoble. Nous venons de produire nos toutes premières bouteilles.

— C'est ce que tu as fait livrer ici ?

— Oui.

— C'est fou. J'avais entendu que le management faisait son possible pour satisfaire les clients les plus capricieux, mais faire venir ton propre vin…

— C'est moi, le management, Orla.

Elle fronça les sourcils.

— J'ai acheté Bally House il y a trois ans, dit-il.

Tonino retint son souffle. Pourquoi son cœur battait-il la chamade ? Pendant un long moment, Orla resta bouche bée, les yeux fixés sur lui. Finalement, elle se pencha vers lui.

— Tu es le propriétaire de Bally House ? Mais comment est-ce possible ? Pourquoi ? Quand nous nous sommes rencontrés, tu n'étais jamais allé en Irlande.

— Mais la façon dont tu as décrit ton pays m'a intrigué. Quand Bally House est entré sur le marché, on m'a envoyé les détails ; j'ai des agents dans le monde entier. J'ai visité le domaine, j'ai examiné son potentiel et j'ai fait mon offre.

Le maître d'hôtel réapparut avec le vin. Un serveur le suivait avec une bouteille d'eau.

— Essaie le vin, dit Tonino en souriant. J'aimerais avoir ton avis.

Elle fit la grimace.

— Je ne bois plus d'alcool.

— Pourquoi ?

— Après mon accident, je me suis évanouie après mon premier verre de vin. Je n'ai pas osé boire plus d'une gorgée ici ou là, depuis.

— Prends juste une gorgée de celui-ci.

Elle émit un petit rire.

— D'accord, mais, si je n'aime pas, ne viens pas te plaindre.

— J'espère que tu aimeras.

Elle rit de nouveau, de son beau rire rauque. Quand il versa le vin jusqu'au tiers de son verre, elle secoua la tête, mais il lui sourit.

— Bois ce que tu veux.

Les yeux plongés dans les siens, elle huma délicatement le vin. Il ne parvint pas à détourner le regard lorsque ses lèvres exquises se posèrent sur le verre. Elle prit une gorgée. De longues secondes s'écoulèrent avant qu'elle n'avale.

— Alors ?

Orla était la première personne à goûter le vin, en dehors de ses collaborateurs et des œnologues avec qui il travaillait.

— C'est répugnant.

— Répugnant ?

Le mot ne lui était pas familier, mais cela ne ressemblait pas à un compliment.

— Écœurant. Si horrible que je vais en reprendre une gorgée, juste pour m'en assurer, susurra-t-ellc en levant son verre.

— Oh ! tu te moques de moi, fit-il en riant.

Depuis qu'ils s'étaicnt revus, dans la cathédrale, elle ne lui avait pas offert de sourire aussi sincère. Son visage rayonnant le foudroya. Elle reprit une gorgée, posa le verre et inclina la tête de côté.

— Il est merveilleux, dit-elle doucement.

— Toi aussi.

Leurs regards s'accrochèrent. Quelque chose passa entre eux. Une émotion exaltante, rythmée par son cœur battant.

Mais la voix du serveur rompit le charme.

— Êtes-vous prêts à commander ?

8.

À la première bouchée de son entrée, une décadente crêpe au saumon, au crabe et aux œufs de poisson fumés, Orla laissa échapper une exclamation de volupté. Lorsqu'elle goûta au filet de bœuf, accompagné de sa tarte fine aux shiitakés, elle eut une certitude : Bally House était le paradis sur terre, et elle ne voulait plus jamais repartir. Il ne lui manquait qu'un autre verre de vin. Elle n'avait pas menti à Tonino : c'était le vin le plus délicieux qu'elle eût jamais goûté, et elle aurait adoré pouvoir en reprendre une gorgée.

— Tu n'as pas envisagé de proposer un menu sicilien ?

— Cet hôtel ne pourrait pas être plus irlandais. Je ne crois pas qu'un thème sicilien aurait vraiment fonctionné.

Elle haussa les épaules.

— Je n'y connais pas grand-chose, pour être honnête. De combien d'hôtels es-tu le propriétaire ?

— Dix-huit pour l'instant, mais je suis en train d'acquérir un nouveau domaine sur une île grecque. Je prends l'avion demain pour m'occuper des derniers détails.

— Oh. Tu t'en vas demain ?

Non, non. Elle n'était *pas* déçue.

— Aux aurores, répondit-il avec un sourire. Je vais te manquer ?

— Autant qu'une migraine.

Son rire grave l'emplit d'une tiédeur exquise.

— J'allais t'en parler. Je pars pour deux jours. Je vais donner des instructions à mes domestiques pour qu'ils installent la chambre de Finn chez moi ; quand je retournerai en Sicile, je veux qu'il vienne…

— C'est impossible, coupa-t-elle.

Ses mots lui firent l'effet d'une douche froide.

— Pourquoi ?

— C'est trop rapide. Il a un traitement et…

— Du moment que nous préparons bien sa venue, il ne manquera de rien chez moi. Ce ne serait qu'une semaine.

— Juste une semaine ? répéta-t-elle d'une voix blanche.

La salle du restaurant s'était-elle réchauffée ? Sous ses yeux, les murs étaient devenus flous et le sol tournoyait. Le dîner était délicieux, mais, même ici, l'absence de Finn lui faisait le même effet que si elle avait perdu un membre. Et il voulait la séparer de son fils pendant une semaine ?

— *Sì*. Je me suis libéré plusieurs jours pour que Finn et moi passions du temps ensemble. Mais, après cela, j'ai des rendez-vous importants. Et à la fin du mois mes parents organisent une fête en l'honneur du bébé de ma sœur…

— Giulia a eu un autre bébé ?

Elle se souvenait que, quatre ans plus tôt, Tonino avait attendu avec impatience la naissance de son premier neveu.

— Elle a eu une petite fille la semaine dernière.

— Tu ne m'en as pas parlé.

Il haussa les épaules.

— Nous avions d'autres choses à nous dire, *dolcezza*.

— Je sais, mais c'est une bonne nouvelle.

— Tout à fait. Et ce sera l'occasion parfaite de présenter Finn à toute ma famille. Il y aura plein d'autres enfants avec qui il pourra jouer. Il a déjà cinq cousins et cousines.

Une douleur sourde battait sous son front.

— Je ne sais pas si les infirmières auront le temps de s'organiser.

— Je peux engager une équipe en Sicile, ce n'est pas un problème. C'est le deuxième point dont je voulais te parler, d'ailleurs. Les frais médicaux.

— Dante paye ce que notre assurance ne couvre pas.

— C'est bien ce que je pensais. Comment t'en sortais-tu avant que tu ne le retrouves ?

— Nous ne nous en sortions pas. C'est la raison pour laquelle j'ai repris contact avec lui.

Elle inspira profondément pour apaiser sa panique croissante. Tonino ne pouvait pas partir avec Finn. C'était trop tôt, bien trop tôt.

— Quand son père, *notre* père est mort, Aislin et moi n'avions rien du tout. Après mon accident, la compagnie d'assurances a catégoriquement refusé de nous verser quoi que ce soit. Aislin considérait que j'avais droit à une partie de l'héritage de mon père et m'a convaincue de reprendre contact. Nous ne savions pas qu'il avait perdu la majorité de ses biens au jeu. Quand Dante a découvert mon existence, il nous est tout de suite venu en aide.

— Et les autres membres de ta famille ? s'étonna Tonino.

— La plupart vivent loin d'ici et ont leurs propres problèmes, soupira Orla.

Toute prudence oubliée, elle avala une nouvelle gorgée de vin. La gorge brûlante, elle prit son courage à deux mains.

— Tonino, s'il te plaît. Je ne veux pas créer de problèmes, mais il est trop tôt pour que tu emmènes Finn en Sicile.

— Je dirais plutôt qu'il est trop tard. J'ai été extrêmement patient, *dolcezza*… Mais Finn a été privé d'une partie de sa culture. Il est temps pour lui de connaître les Valente.

Tonino plongea son regard dans celui d'Orla. Dans ses prunelles brillantes, il vit la colère le disputer à l'angoisse.

— C'est pour cela que tu m'as invitée ? Tu pensais qu'un dîner en tête à tête suffirait à me convaincre de te laisser partir avec mon fils ?

— Tu dramatises.

Un éclair de révolte passa sur son visage. Elle semblait prête à élever la voix. Heureusement, le serveur les interrompit pour débarrasser leurs assiettes, et elle se reprit *in extremis*.

— Tonino, écoute-moi, supplia-t-elle. C'est la première fois depuis deux ans que je laisse Finn pendant plus d'une demi-heure. J'ai passé la soirée à lutter contre l'envie de lui téléphoner. Je sais que c'est égoïste, mais je ne peux pas…

Choqué, il vit ses yeux se remplir de larmes.

— Je ne sais pas si je pourrais supporter de ne pas le

voir pendant une semaine. Et recommencer dix jours plus tard, pour la fête de Giulia ? Non, je…

Ne pas le voir ? Oh ! il comprenait, maintenant. Il se pencha et plongea son regard dans le sien.

— Orla, je n'ai jamais dit que je partirais en Sicile sans toi.

— Je… Quoi ? Mais tu n'as parlé que de Finn, et d'apprendre à le connaître, et de le présenter à ta famille.

Il étouffa un juron.

— Bien sûr, mais comment peux-tu croire que je voulais l'emmener sans toi ? Je ne suis pas cruel ! Il me connaît à peine. Il serait terrifié.

Et Orla également, de toute évidence.

— Oh… Désolée. Tu m'as menacée de me traîner en justice, quand je t'ai revu. Difficile de l'oublier.

Il poussa un soupir.

— Je sais. Mais j'étais en colère, et je t'ai assurée que je n'avais pas l'intention de faire souffrir Finn. Arrête de t'attendre au pire. Toi comme moi ne voulons que son bonheur. Je suis dans ton camp.

Elle s'enfonça dans son siège, la main contre son front.

— Je suis une vraie *eejit*, parfois.

Il se souvenait de la première fois où il avait entendu l'insulte irlandaise. Ils étaient dans une modeste voiture décapotable – il l'avait achetée à un employé pour qu'ils puissent aller faire les courses – et il avait plaisanté avec elle. Elle avait tapé son bras en riant et l'avait traité d'*eejit*.

Ils avaient passé une journée merveilleuse. Le soleil était brûlant comme leur passion, et il était profondément heureux, convaincu que cette femme, drôle et belle et adorable, l'aimait pour lui-même. Elle voulait Tonino, pas Tonino Valente le milliardaire. Elle n'avait jamais rêvé de son nom, elle ne l'avait jamais considéré comme une décision stratégique sur le grand jeu d'échecs marital. Elle ne désirait que *lui*. Mû par une tendresse impulsive, il posa sa main sur la sienne.

— Je n'ai pas l'intention de vous séparer, toi et Finn. Mais tu dois accepter que je sois avec vous, maintenant.

Dis à Dante que tu n'as plus besoin de son argent ; je veux payer les frais médicaux et toutes les autres dépenses.

Avant qu'elle ne puisse protester, il ajouta :

— Je suis son père, Orla. Vous êtes sous ma responsabilité.

Elle lui retira sa main et attrapa son verre d'eau.

— Si tu veux payer pour les soins de Finn, je ne vais pas t'en empêcher. Mais *je* ne suis pas sous ta responsabilité.

— Tu es la mère de mon enfant.

— Exactement. Je suis une adulte. Dante m'a donné ce qui me revenait, et ses avocats se sont occupés de faire payer mon assurance. J'ai mon propre argent.

— Combien ?

— Assez pour m'en sortir confortablement pendant quelques années.

— Épouse-moi, et tu t'en sortiras confortablement pour toujours.

Elle manqua de s'étouffer sur une gorgée d'eau.

— Têtu comme une mule ! Combien de fois vais-je devoir refuser pour que tu comprennes que je ne t'épouserai pas ?

— Ma mère m'a toujours dit qu'une femme a le droit de changer d'avis. Et j'ai bien l'intention de te faire changer d'avis.

— Bonne chance. J'ai la tête dure.

— J'ai toujours adoré les défis.

Il se servit un autre verre de vin en la contemplant avec amusement. Maintenant qu'il l'avait rassurée sur leur voyage en Sicile, elle s'était visiblement détendue. Elle avait l'air paisible et amusée. Pendant un instant, il eut l'impression d'avoir fait un bond dans le passé.

Mais c'était impossible, bien sûr. Il avait changé, et elle aussi. Elle avait retrouvé la majorité de ses souvenirs, et elle était toujours aussi belle, mais ses mouvements avaient perdu de leur grâce. Elle se fatiguait vite. Même ce soir, elle avait les doigts crispés sur ses couverts, ses gestes étaient gourds.

— Tu étais enceinte de six mois lors de l'accident ?

Elle hocha la tête. Un sourire triste incurva ses lèvres.

— Ils m'ont fait une césarienne en urgence. Finn a passé

huit semaines en soins intensifs. Les médecins pensaient qu'il n'avait aucune chance.

Un éclat déterminé embrasa ses yeux verts.

— Mais notre fils est un battant.

L'estomac crispé de nervosité, il s'enquit :

— Et toi ? Est-ce que tu étais… en danger aussi ?

Elle hésita une seconde avant de hocher la tête.

— J'ai passé trois semaines dans le coma, puis un mois de plus sous sédatifs. Mais je vais bien, maintenant, et Finn va beaucoup mieux aussi. Nous savons comment le traiter, et c'est le plus important.

— Aislin s'est occupée de lui pendant ta convalescence ?

— Oui. Elle a arrêté l'école et mis sa vie en pause pour s'occuper de nous. Quand je suis enfin rentrée à la maison, elle m'a appris à prendre soin de lui. Finn est un miracle. Aislin est un ange.

Et Dante était leur chevalier servant. Oserait-il demander quel rôle il lui restait ? Non.

— Et ta mère ?

Une émotion fugitive froissa le visage d'Orla.

— Je n'ai pas vu ma mère depuis sept ans. Je crois qu'elle est à San Francisco.

— Elle ne vous a pas aidées ?

Elle attrapa son verre de vin et observa le liquide pourpre.

— Elle ne m'a jamais aidée. Aislin et moi avons passé notre enfance avec mes grands-parents. Dès qu'Aislin a eu fini le lycée, ma mère est partie en Asie, et elle n'est jamais revenue.

La dureté de sa voix et la froideur de ses mots le surprirent. Il n'avait jamais entendu Orla s'exprimer ainsi.

— Jamais ?

La souffrance qui brillait dans ses yeux lui fit l'effet d'un coup de poing. Elle déglutit avant de répondre.

— Elle n'a jamais rencontré Finn.

— Même quand tu étais dans le coma ?

— Elle a envoyé quelques messages à Aislin.

Il accusa le coup, sonné. Il l'imaginait, dans sa chambre d'hôpital, attachée à des machines et incapable de communiquer, et son cœur se serra si douloureusement qu'il peina à reprendre son souffle. Sa propre mère ! Il ne pouvait imaginer une telle cruauté. Oh ! il comprenait pourquoi elle avait tant de mal à s'ouvrir aux autres. Ses deux parents, au lieu de l'aimer et de l'épauler, l'avaient abandonnée. La gorge serrée, il s'entendit demander d'une voix rauque :

— Comment l'accident est-il arrivé ?

— Je ne m'en souviens plus exactement. Cette période est encore très floue. Je ne me souviens même pas où j'allais. Je sais que c'était important, parce qu'il y avait une tempête et je n'aime pas conduire quand il fait mauvais, d'habitude. J'ai percuté une camionnette, mais je ne me souviens de rien d'autre.

Soudain, elle lui offrit un sourire amusé.

— Mais c'est mieux comme ça. Je n'aime pas le sang.

Il lui rendit son sourire, soulagé de changer de sujet ; mais il avait l'intuition que les blessures d'Orla allaient bien au-delà de ce qu'elle voulait lui avouer, et l'inquiétude lui rongeait les entrailles.

Lorsqu'ils quittèrent la chaleur confortable du restaurant, la fraîcheur de la nuit fit frissonner Orla. Elle leva les yeux vers le ciel. Les étoiles étaient cachées par de lourds nuages. L'été touchait à sa fin.

Elle étouffa un bâillement en frottant ses bras nus. Tonino retira immédiatement sa veste et la déposa sur ses épaules.

— Oh ! non, ce n'est pas la peine, protesta-t-elle.

— Je n'ai pas froid, assura-t-il.

La veste de Tonino était large et tiède comme une étreinte. Elle lutta contre l'envie de frotter sa joue contre l'étoffe imprégnée de son parfum et de sa chaleur.

En les voyant approcher, le chauffeur sortit de la voiture et lui ouvrit la portière. Elle s'installa sur la banquette arrière et s'apprêtait à lui rendre sa veste lorsque Tonino se glissa à côté d'elle.

— Tu n'as pas besoin de me raccompagner.

— Je préfère m'assurer que tu rentres sans encombre.

— Je ne risque rien, voyons.

Elle étouffa un nouveau bâillement. Elle était exténuée, et pourtant… Ici, dans l'espace exigu de la voiture, seule avec Tonino, alors qu'ils étaient séparés du chauffeur par une cloison opaque…

Soudain, elle était douloureusement consciente du rythme de son propre pouls. De son parfum envoûtant. De la chaleur de sa cuisse contre la sienne. Elle aurait dû s'éloigner, creuser la distance, s'appuyer contre la portière ; mais son corps ne lui obéissait plus.

— Tu ne vas même pas pouvoir voir Finn, il est couché.

Quand ils furent dans la forêt, l'intérieur de la voiture s'assombrit.

— Et tu devrais dormir, tu as un avion demain…

Les mots moururent sur sa langue quand sa main chaude se referma sur la sienne. Autour d'eux, l'air était électrique. Elle était incapable de réfléchir lorsque la peau de Tonino reposait contre la sienne.

— Je dormirais bien mieux dans ton lit, murmura-t-il.

Un soupir lui échappa, noyé par le fracas de son cœur. Malgré elle, elle glissa ses doigts entre les siens. Lorsque son épaule large se pressa contre la sienne, un frémissement irrésistible la traversa et se logea dans son bas-ventre. Elle n'osait pas prononcer un mot. Elle n'osait pas lever les yeux.

L'excitation qui trépidait en elle était à la fois nouvelle et familière. Elle ne connaissait pas ces sensations, mais, instinctivement, comme elle avait su qu'elle avait été enceinte avant que sa mémoire ne lui revienne, elle savait qu'elle les avait déjà pleinement savourées.

Les doigts de Tonino serrèrent les siens, puis se libérèrent pour se poser sur sa cuisse. La chaleur de sa paume vibra jusque dans ses veines. Et… sans comprendre immédiatement son propre geste, elle abaissa sa propre main sur la jambe puissante qui touchait la sienne.

Lentement, lentement, les doigts de Tonino remontèrent sur sa peau, jusqu'à atteindre le cœur de ses cuisses. Elle les serra en étouffant une exclamation avide.

Et elle ne contrôlait plus le mouvement de sa propre caresse.

Elle laissa cheminer sa paume sur la cuisse musculeuse avant de rencontrer un relief rigide. Dans le brouillard de sa transe, elle entendait la respiration rauque de Tonino, et l'écho de la sienne, aussi erratique que son pouls. Elle arqua son bassin dans le creux de sa large main. Il se tourna vers elle et l'embrassa sur le front. Son souffle brûlant caressait sa peau. Des flèches de désir filaient dans ses veines et jusqu'à son intimité déjà humide.

L'esprit embrumé, elle leva le visage vers le sien. Le brasier qui brûlait dans ses prunelles sombres ne fit qu'attiser ses pulsions. Il attrapa sa main tremblante et la posa doucement sur lui, entre ses cuisses. Elle retint son souffle, le cœur battant. Il la prit dans ses bras et effleura ses seins, son ventre, avant de passer les doigts sous l'ourlet de son pantalon.

La bouche de Tonino s'empara soudain de la sienne. Cette fois, les genoux tremblants, elle ne put retenir un gémissement ; son buste se pressa contre le sien ; son corps entier était avide de fondre contre lui. Il avait déboutonné son pantalon et glissa lentement sa main dans sa culotte. Pantelante, elle lui rendit son baiser avec ardeur, les phalanges crispées sur sa nuque, abandonnée à la sensation de ses doigts sur elle. Affamée, elle ondula contre sa caresse et gémit contre sa bouche. Elle enfouit sa main dans ses cheveux, les yeux clos, et laissa son corps répondre à son exploration experte.

Elle allait et venait à un rythme de plus en plus effréné, étroitement serrée contre lui, enivrée par le goût de ses lèvres, jusqu'à ce que le plaisir la submerge, absolu et irrésistible. Elle s'enfouit dans le creux de son cou, tremblante, noyée dans le nectar divin de sa jouissance.

Combien de minutes s'écoulèrent avant qu'elle ne reprenne ses esprits ? Elle ouvrit les yeux. Elle était nichée contre l'épaule de Tonino, dans le creux de ses bras protecteurs. Était-ce son cœur qu'elle sentait battre à tout rompre contre sa joue ? Et sa main entre ses cuisses…

Et sa propre main…

Mortifiée, elle retira précipitamment la paume qu'elle avait posée sur son membre, et se détourna de lui pour se rhabiller. Tonino resta silencieux jusqu'à l'arrêt de la voiture, quelques instants plus tard.

Elle déglutit, les paupières closes. Comment aurait-elle pu le regarder en face ?

— Nous sommes arrivés, *dolcezza*.

Sa voix rauque la fit frissonner. Son cœur rata un battement quand un doigt effleura son menton. L'air avait changé autour d'elle : Tonino s'était rapproché, et sa chair s'éveilla aussitôt, vibrante d'anticipation. La main de Tonino frôla sa mâchoire et le contour de son oreille avant de plonger dans ses cheveux. Un frémissement incontrôlable hérissa sa peau.

— Est-ce que tu vas m'inviter à entrer ? murmura-t-il à son oreille.

Fiévreuse, elle ouvrit les paupières et sombra dans les riches profondeurs de ses yeux. Il attrapa son menton et l'embrassa avec ardeur. Un vrai baiser : passionné, torride, si exquis qu'elle se sentit chavirer, souple dans ses bras, à la merci de son désir.

— Demande-moi de te suivre, souffla-t-il.

Sa main glissa sur sa nuque, jusqu'à ses reins, puis serra sa fesse. Leurs bouches avides se dévoraient sans retenue, et il aurait été si facile de l'inviter, de le guider jusqu'à sa chambre plutôt que celle de Finn…

Et brusquement la réalité reprit ses droits, traîtresse et impérieuse. Finn ! Elle invoqua son visage et se concentra sur son image avant de repousser fermement Tonino.

— Non.

Il recula, pantelant.

— Non, quoi ?

— Non, je ne vais pas t'inviter à entrer.

Le cœur battant la chamade, elle chercha à tâtons la poignée de la portière. Tonino se pencha vers elle, et son corps chaud et solide la troubla de nouveau.

— Laisse-moi faire.

Il ouvrit la porte. Avant qu'elle ne s'échappe, il lui caressa tendrement la joue et l'embrassa une dernière fois.

— Je te verrai dans quelques jours.

— Parfait.

Elle avait voulu lui répondre sèchement, mais sa voix n'était qu'un souffle. Tonino était le seul homme qu'elle avait jamais désiré, et ces sentiments étaient encore là, impossibles et indestructibles. Les yeux étincelants, il amena sa main à ses lèvres et frôla ses phalanges d'un baiser.

— Je compte déjà les heures.

9.

La tempe collée contre la vitre de la voiture, Orla attendait de voir apparaître la maison de Tonino. Finn était excité comme une puce ; il n'avait parlé que de leur séjour depuis qu'elle le lui avait annoncé.

Lors de leurs premières rencontres, Finn n'avait pas été aussi chaleureux avec Tonino qu'il l'avait été avec Dante. Elle avait préféré laisser leur relation évoluer naturellement et elle était enchantée de le voir si heureux d'être en Sicile et de revoir son père.

Quant à elle… Elle avait des papillons dans le ventre, et son cœur ratait un battement dès que son téléphone sonnait. À chaque appel, entendre sa voix effaçait la distance qui la séparait de lui comme par magie. Sa voix chaude et profonde embrasait ses veines comme si elle avait été de nouveau avec lui à l'arrière de sa voiture.

Un souvenir qui la faisait frémir de convoitise tout autant que d'humiliation. Avait-elle agi de cette façon, quatre ans plus tôt ? S'était-elle laissé consumer par chacune de ses caresses et séduire par chacune de ses paroles ? Ses émotions étaient bien plus instables aujourd'hui, sans aucun doute. Elle ne pouvait plus se laisser aller aveuglément à ce genre de sentiments. Elle aurait aimé lui faire confiance, mais comment était-ce possible après tous ses mensonges ? Et Tonino ne voulait pas d'*elle*. Il voulait leur fils. Il la désirait peut-être, mais ses fantasmes s'envoleraient en fumée s'il voyait son corps nu. Si elle avait du mal à soutenir l'image de son propre reflet, il ne pourrait réagir qu'avec horreur.

Depuis quelques minutes, ils suivaient une route pentue à travers de magnifiques champs de blé doré. Bientôt, la voiture arriva au sommet. Au loin, en contrebas, s'élevait un manoir de pierre rose.

— Regarde, Finn ! C'est la maison de ton papa, s'écria Orla en la montrant du doigt.

Finn gesticula dans son siège auto pour jeter un coup d'œil par la vitre. De loin, la bâtisse semblait pittoresque, mais elle n'en apprécia la magnificence qu'en débouchant dans l'immense cour pavée. Une arche de pierre sculptée ouvrait l'accès au domaine. Au centre de la cour, une fontaine ornée de trois chérubins nus fit rire Finn aux éclats. Les murs étaient décorés de paniers de fleurs suspendus, et ombragés par des palmiers d'un vert intense, et…

Son cœur fit une embardée.

Tonino était apparu à l'entrée, sculptural. Torse nu, seulement vêtu d'un short noir, un sourire alangui sur le visage, il était aussi beau qu'un dieu romain. Le chauffeur ouvrit la portière et Tonino les rejoignit pendant qu'Orla détachait Finn. Le soleil couchant faisait jouer des rayons or et pourpre sur son buste ciselé. Elle se souvint soudain d'avoir posé ses lèvres sur sa poitrine, d'avoir humé le parfum enivrant de sa peau, frotté sa joue contre ses poils sombres…

Mais l'union de leur corps lui échappait toujours.

Ses beaux yeux chocolat plongèrent dans les siens, et son sourire s'agrandit encore avant qu'il ne pose un baiser sur ses lèvres. Les senteurs fraîches de son parfum et du sel marin l'assaillirent, et la caresse rugueuse de sa barbe naissante lui frotta la joue. Puis ses lèvres disparurent aussi vite qu'elles étaient venues. Avant qu'elle ne retrouve l'usage de la parole, il avait soulevé Finn dans ses bras.

— Comment s'est passé le voyage ? s'enquit-il en frottant son nez contre celui de Finn, un geste de tendresse si adorable qu'elle sentit son cœur se serrer.

— Très… bien.

Il baissa les yeux vers elle en ajustant Finn contre sa hanche.

— Désolé de ne pas t'avoir envoyé mon avion.

— Tu n'as pas besoin de t'excuser alors que tu nous as payé des billets première classe.

— C'est tout de même un désagrément.

Sa remarque était si solennelle qu'elle éclata de rire.

— Un désagrément ? La première classe ? Oh ! Tonino, tu n'as vraiment aucun sens des réalités.

Pendant un long moment, Tonino se contenta de la contempler, envoûté par les jets de lumière cuivrée que le soleil faisait danser dans sa crinière sombre.

— Tu es très belle.

Belle et solaire comme un jardin en fleurs. Il était rentré en Sicile un peu plus tôt que prévu ; il aurait aimé retourner en Irlande pour aller les chercher, mais ils étaient déjà en route pour l'aéroport. Il avait passé les dernières heures à déambuler dans les couloirs, à déranger ses domestiques, à nager pour tuer l'ennui, à jouer au tennis contre une machine à balles. Son activité frénétique avait au moins eu le mérite d'apaiser un peu de son énergie nerveuse. Quand il l'avait vue, le sang s'était tout de même mis à vibrer dans ses veines. Sa chair et ses reins pulsaient d'anticipation. Le souvenir de leur étreinte, dans la voiture, l'avait tourmenté sans répit depuis qu'il l'avait quittée. Ces trois jours loin d'Orla avaient duré une éternité.

Il avait ressenti la même chose lorsqu'elle avait disparu, quatre ans plus tôt. Le tourbillon de leur liaison s'était transformé en sables mouvants. Mais non ! Cette fois-ci, c'était l'absence de son fils qui avait sans doute arrêté le temps : ses sentiments pour lui étaient déjà indéfectibles. Son amour pour Finn était pur, féroce et inconditionnel. Il aurait tout fait pour le protéger.

Ses sentiments pour Orla étaient plus complexes. Il la détestait de lui avoir caché sa grossesse, mais il ne pouvait s'empêcher de savourer sa compagnie. Il aurait aimé la punir pour ses crimes, et il brûlait de la toucher, de la vénérer. Revoir Orla avait éveillé en lui des pulsions oubliées ; elle était la seule femme pour laquelle il s'était ainsi… consumé.

Dio, il aurait voulu la jeter sur son lit, déchirer ses vêtements et ravir son corps magnifique. Il se languissait de ses gémissements, de ses suppliques. Mais Orla avait changé. Quatre ans plus tôt, elle avait été impulsive, elle avait accepté leur désir foudroyant avec audace. Plus maintenant.

Pendant quelques minutes, dans la pénombre de la voiture, elle s'était de nouveau abandonnée à lui. L'alchimie de leurs corps l'avait laissé pantois. Orla l'avait toujours dévasté. La violence de leur passion n'avait pas fléchi avec les années. Si le désir seul avait pu convaincre Orla d'accepter sa demande, il aurait été certain de sa victoire. Mais Orla était mère, désormais. Elle avait appris la prudence. Elle ne se laissait pas gouverner par ses instincts. Il devait lui montrer que sa maison pouvait devenir *leur* foyer.

Le lendemain matin, Orla s'engouffra dans le couloir sur la pointe des pieds en faisant signe à Finn de ne pas faire de bruit… mais c'était peine perdue. La porte de Tonino s'ouvrit brusquement. Pour l'amour du ciel ! Encore une fois, il la surprenait au sortir du lit, aux aurores, échevelée et débraillée. Il se contenta de lui lancer un rictus amusé lorsqu'il la vit froncer les sourcils.

— Combien de fois dois-je te répéter que je suis un lève-tôt ?

— Aucun adulte ne se lève à 6 heures de son plein gré.

— Pourquoi ne demandes-tu pas aux infirmières de se lever pour s'occuper de Finn ? demanda-t-il en la menant vers la cuisine.

La pièce était immense et fleurait bon le café frais.

— Ce n'est pas leur travail.

Tonino avait tenu parole et engagé une équipe de soins pour Finn. Les infirmières étaient d'une discrétion et d'une efficacité exemplaires, et parlaient un anglais parfait.

— C'est leur travail si tu le veux. C'est dans leur contrat.

— D'accord, mais c'est à moi de me lever et de nourrir mon enfant. C'est à moi de prendre soin de lui.

Elle avait lutté de toute son âme pendant dix-huit mois pour glaner ce privilège, après tout.

Il referma un placard et fouilla dans le suivant.

— Depuis combien de temps n'as-tu pas dormi pendant une nuit entière ?

— Depuis des années… Qu'est-ce que tu cherches ?

— Les céréales de Finn. J'ai demandé à ma gouvernante d'en acheter.

— Où ranges-tu les céréales, d'habitude ?

— Je n'en sais rien.

— Mais c'est ta cuisine…

— C'est la cuisine de ma chef cuisinière, corrigea-t-il. Je ne cuisine jamais, mais, comme je ne mange pas de petit déjeuner, elle n'arrive qu'à 10 heures. Je lui demanderai de commencer plus tôt pendant que…

— Pas question. Pas besoin de réveiller tous tes domestiques parce que Finn se lève tôt.

— Et si tu as faim, toi aussi ?

— Je sais me faire griller du pain, répondit-elle en riant. Si ta cuisinière n'est pas encore là, qui a fait le café ?

— Il est sur minuteur automatique.

Un grand sourire éclaira soudain son visage et il émit une exclamation de triomphe en brandissant une boîte de céréales. Une bouffée de tendresse envahit Orla lorsqu'il débusqua, quelques minutes plus tard, un petit bol décoré de dinosaures. Il remplit le bol, versa le lait, et les rejoignit à la table. Elle avait déjà préparé leurs cafés et installé Finn sur sa toute nouvelle chaise haute. Elle s'assit et savoura le délicieux café italien en observant Tonino donner la becquée à leur petit garçon. Il y avait quelque chose de si confortable, de si naturel dans ce moment d'intimité.

— D'accord, voilà mon compromis : je pourrais lui tenir compagnie au réveil, le temps de ton séjour ?

Il leva les yeux vers elle et ajouta d'un ton tentateur :

— Pense à toutes ces heures de sommeil…

— Je vais réfléchir, marmonna-t-elle.

Elle n'avait aucune envie d'accéder à sa requête, mais elle ne savait pas comment faire comprendre ses sentiments à

Tonino. Certes, il avait raté les trois premières années de la vie de Finn, mais Finn ne lui avait pas *manqué* ; comment aurait-il pu regretter une chose qu'il n'avait jamais connue ? Elle avait passé dix-huit mois à combattre la faiblesse de son propre corps, et ce, juste pour avoir la possibilité de serrer son bébé dans ses bras. Finn lui avait manqué chaque seconde de chaque jour. Il l'avait guidée comme un faisceau de lumière à travers le tunnel sombre de sa souffrance. Se lever pour lui donner son petit déjeuner était un privilège qu'elle savourait encore aujourd'hui.

Et pourtant elle ne pouvait pas confier cette faiblesse à Tonino ; après tout, il pouvait utiliser ses blessures contre elle pour obtenir la garde de leur fils. Elle aurait aimé lui faire confiance, mais elle ne voulait pas prendre ce risque.

Ils passèrent le reste de cette journée ensoleillée à explorer le magnifique domaine de Tonino. Après leur déjeuner sur la terrasse, Orla, dissimulée sous un caftan sombre, s'installa sur une chaise longue près de l'immense piscine. Finn piaillait de bonheur en barbotant avec son père dans l'eau fraîche, et le sourire de Tonino la poignarda en plein cœur.

Elle avait été si certaine que lui cacher sa grossesse avait été la bonne décision. Lorsqu'elle avait découvert qu'elle était enceinte, elle avait cherché son nom sur Internet et découvert qu'il avait rompu avec Sophia. Elle avait été soulagée de savoir qu'elle ne serait pas une complication dans la vie de cette inconnue, mais le célibat de Tonino l'avait emplie de terreur. Sans fiancée à son bras, rien ne le retenait de demander la garde ; il aurait très bien pu lancer ses avocats à ses trousses pour lui prendre son bébé. Son père n'avait jamais voulu d'elle, mais Tonino était différent. Elle savait qu'il voulait des enfants. Elle avait décidé très tôt d'attendre la naissance du bébé avant de le contacter. De cette façon, elle s'accordait quelques mois de répit pour se concentrer sur sa grossesse, et assurerait la nationalité irlandaise à son enfant. Elle avait eu l'intention de s'informer sur les armes légales à sa disposition. Dans son esprit, Tonino s'était transformé en monstre dangereux. Un homme puissant, hypocrite, licencieux. Elle avait oublié qu'il était fait de chair et de sang, que les jours passés ensemble avaient été merveilleux parce qu'*il* était merveilleux…

Ou peut-être n'avait-elle pas oublié. Peut-être avait-elle préféré se convaincre de sa cruauté pour se consoler de sa trahison. Aujourd'hui, néanmoins, la culpabilité la rongeait.

Un nouveau souvenir creva la surface de son esprit. Elle avait tapé son nom sur le moteur de recherche presque tous les jours, avant l'accident. Elle l'avait vu avec une autre femme, au bout de quelques mois. Elle se souvenait de sa réaction, de ses mains moites et de son cœur battant. Comme un écho, dans son ventre, Finn lui avait donné un grand coup de pied. Elle se creusa la tête pour retrouver l'identité de la nouvelle compagne, en vain.

Ses pensées revinrent à l'inconnue pendant qu'elle se prélassait dans son bain, le soir même. Un peu plus tôt, Tonino avait annoncé qu'il l'emmenait dîner et que l'infirmière s'occuperait de Finn. Il avait évidemment refusé toute protestation.

Le soir précédent, ils avaient mangé dans sa magnifique verrière. Un dîner paisible, sous les étoiles, bercé par le roulis lointain des vagues tyrrhéniennes. Mais sa tranquillité n'était qu'un masque ; ballottée d'émotion en émotion, torturée par la nervosité, elle avait passé la soirée sur des charbons ardents. Chaque fois qu'elle avait croisé son regard, elle avait lu le souvenir de leur étreinte dans ses yeux sombres. Elle avait craint qu'il ne mentionne quoi que ce soit, craint de ne pouvoir lui résister, mais lorsqu'elle avait proclamé qu'elle était fatiguée, à 22 heures, il lui avait simplement souhaité bonne nuit en levant son verre. Elle avait senti son regard brûlant glisser sur sa nuque lorsqu'elle l'avait quitté. Elle s'était couchée aussi soulagée que frustrée.

Et voilà qu'elle était excitée de passer quelques heures seule avec lui. Oh ! elle n'était pas dupe : Tonino ne l'invitait pas sans arrière-pensée. Aucune de ses actions n'était innocente. Il faisait son possible pour la mettre à l'aise, bien sûr. Il l'avait installée dans une magnifique chambre dotée d'une superbe baie vitrée, d'une salle de bains digne de Cléopâtre, d'un dressing rempli de nouvelles tenues sélectionnées spécialement pour elle…

Mais elle ne pouvait pas se laisser séduire. Après tout, elle avait compris sa stratégie sans peine. Il voulait la persuader de l'épouser. Il lui faisait miroiter une vie conjugale idyllique, lui montrait tout ce qu'il pouvait lui offrir si elle devenait sa femme. Il ne savait pas qu'il n'avait pas besoin de lui faire tourner la tête ; elle s'était déjà offerte à lui des années plus tôt, et elle ne s'en était jamais remise.

Toutes ces manigances n'avaient qu'un seul objectif, en réalité. Il voulait Finn. Elle-même n'était qu'un dommage collatéral. Puisqu'il ne pouvait pas posséder l'un sans l'autre, c'était elle qu'il devait convaincre.

Après avoir enfilé une robe à manches longues argentée et des escarpins noirs étincelants, elle contempla son reflet dans le miroir. Elle l'entendait presque susurrer que ses efforts étaient vains. Pourquoi cacher son corps ? Qu'espérait-elle donc ? Dès que Tonino la verrait nue, son désir s'éteindrait comme une chandelle sur laquelle on souffle. Oh ! elle aurait aimé aller frapper à sa porte sur-le-champ, ouvrir sa robe, exhiber sa laideur. *Me voilà, Tonino. Toujours envie de me toucher ?*

Non. Si elle-même n'osait pas regarder ses cicatrices, comment pouvait-elle espérer que Tonino les accepte ? Qu'il n'utilise pas ses souffrances pour lui faire du mal ?

10.

Cette soirée était l'une des plus belles de sa vie. Tonino l'avait embarquée dans un petit coupé vintage et l'avait conduite jusqu'à Palerme, où ils dînèrent dans un minuscule restaurant. Malgré sa petitesse et un nombre total de huit tables, le restaurant avait un charme fou. Des chansons entraînantes pulsaient dans la pièce sans pour autant noyer leur conversation, les murs étaient décorés de tableaux amusants, et la nourriture…

— Heureusement que je ne suis pas difficile, fit-elle en riant.

Il n'y avait pas de menu : le restaurant servait seulement les trois plats que le chef avait concoctés ce jour-là. Néanmoins, maintenant qu'elle avait goûté son entrée, du poulpe délicieusement braisé, servi dans un bouillon aux pois et à la menthe, accompagné d'une énorme langoustine, Orla aurait suivi le cuisinier les yeux fermés.

— C'est pour cela que je t'ai emmenée.

Son sourire sublime la faisait rosir. Sous la lumière tamisée, son beau visage paraissait plus élégant que jamais. Dans son chino noir et sa chemise anthracite, il laissait deviner un corps sculptural qui la faisait presque saliver. Il était absolument divin.

Tonino avait bien fait d'écouter son instinct et d'emmener Orla ici plutôt que dans un des restaurants plus élégants de Palerme. Cet endroit était un des trésors cachés de la ville. Impossible de réserver sans la bénédiction de son capricieux propriétaire.

Il avait deviné qu'Orla serait plus à l'aise dans ce contexte informel, mais qu'elle appréciait aussi de se mettre sur son trente et un. Quatre ans plus tôt, même avec son budget limité, elle avait toujours été élégante. Elle avait une classe innée, une intuition pour la mode. C'était toujours le cas aujourd'hui, mais la qualité de ses vêtements était visiblement supérieure, à l'instar de ses finances. Orla avait peut-être changé, mais il suffisait de gratter la surface pour retrouver les fondamentaux qui l'avaient caractérisée lorsqu'ils s'étaient rencontrés. La vie l'avait marquée, sans aucun doute, et elle s'efforçait encore de se reconstruire. Il devait lui faire comprendre que réparer une vie était bien plus facile à deux ; il voulait se rendre indispensable à ses yeux, et aux yeux de Finn.

Pendant qu'ils dégustaient leur plat de spaghettis aux palourdes, les enceintes se turent et un quartet de violonistes s'installa. Plutôt que d'opter pour un registre classique, ils tapèrent du pied à l'unisson et se lancèrent dans un morceau de rock entraînant. Orla, visiblement ravie, poussa une exclamation de surprise et battit des mains. Elle était d'une beauté à couper le souffle.

— Tu aimes ? murmura-t-il.

— Beaucoup !

Elle enroula ses spaghettis autour de sa fourchette en bougeant les épaules sur le rythme du morceau. Il était plus intéressé par elle que par le spectacle ; elle le captivait comme personne. Elle l'avait toujours fasciné. Elle marquait le rythme entraînant de la tête et glissa une mèche de cheveux derrière son oreille. Son cœur rata un battement.

Elle avait bougé de la même façon, repoussé ses cheveux de la même façon, quatre ans plus tôt. Il se souvenait d'un soir passé sur la plage. Il avait voulu l'inviter à manger. Ses propres talents de cuisinier se cantonnaient à faire chauffer des surgelés, et il n'était pas prêt à lui confier qu'un domestique aurait pu venir leur préparer un repas digne de ce nom. Il avait eu l'intention de trouver un restaurant élégant, mais la musique d'un bar en bord de mer avait attiré l'attention d'Orla. Ils avaient fini la soirée pieds nus dans le sable, sous une couverture qui les protégeait du vent marin, à boire des mojitos en mangeant des chips.

Le souvenir d'Orla et de leur complicité lui était resté pendant toutes ces années. La simplicité du décor, et le fait de réaliser qu'elle aimait sa compagnie, sa *véritable* compagnie… Cette soirée avait sans doute été le meilleur rendez-vous de son existence.

Avant ses fiançailles avec Sophia, il avait enchaîné les aventures. Il avait du succès auprès des femmes. Il était bien conscient que leur intérêt était en grande partie lié à sa richesse, bien sûr. S'il avait fait partie d'une famille pauvre, la plupart d'entre elles (et Sophia également) ne lui auraient même pas accordé un regard.

Mais Orla s'était pelotonnée sous la couverture, tout contre lui, sans savoir qu'il possédait le capital d'une petite nation. S'il avait pu remonter le temps et réécrire leur histoire, il serait retourné avec elle sur la plage et lui aurait avoué la vérité. Il avait eu peur que son statut change quelque chose entre eux, mais il aurait dû lui faire confiance. Il aurait dû comprendre, à cet instant précis, que l'argent n'avait pas d'importance pour Orla. C'était un moyen, mais pas une fin en soi. Elle avait accepté l'aide de Dante pour faciliter la vie de Finn, mais pas pour son propre confort. Seuls les gens qu'elle aimait comptaient à ses yeux.

Sur le chemin du retour, Tonino ouvrit la vitre pour respirer l'air nocturne. Il n'avait pas bu une goutte d'alcool, mais l'ivresse courait dans ses veines. L'image d'Orla dansait dans son esprit. Il était cruellement conscient de sa proximité et lui jeta un regard en coin. Leurs yeux se croisèrent. Il en aurait presque oublié le volant.

Il arrêta la voiture dans la grande cour. Un de ses employés irait la mettre dans le garage souterrain.

Pendant un long moment, ils restèrent assis en silence, bercés par le rythme de leur souffle. Il se tourna vers elle à l'instant même où elle se tournait vers lui. Du manoir émanait une lumière douce qui jetait sur elle des ombres éthérées. Frappé encore une fois par sa beauté, les reins brûlants, le cœur serré, il tendit la main vers elle et glissa une mèche sombre derrière son oreille. Elle se figea, captivée, ses yeux immenses plongés dans les siens.

— Je crois que je ne t'ai pas dit combien tu étais belle, ce soir, murmura-t-il en caressant le bord de son lobe.

Elle frissonna sous ses doigts. Sa respiration s'accéléra.

— J'ai rêvé de te faire l'amour toute la nuit, souffla-t-il.

Orla savait qu'il était conscient de son émoi. Sa voix avait toujours été un aphrodisiaque pour elle, une faiblesse dont il profitait déjà allègrement quatre plus tôt. Son timbre de basse et ses mots tentateurs l'attiraient comme un aimant. Elle était incorrigible ! Elle tenta de respirer, de serrer les dents, d'ériger une défense mentale contre son attraction. Elle aurait voulu reculer, mais son corps affamé n'était pas de cet avis. Elle ne pensait qu'à ses caresses. Elle ne pensait qu'à la façon dont ses doigts l'avaient enflammée, quelques jours plus tôt. Il glissa la main le long de sa gorge et, presque nonchalamment, frôla son sein. Ses entrailles se liquéfièrent instantanément, et elle serra les cuisses. Bien sûr, il remarquerait son réflexe ; rien n'échappait à Tonino Valente. La chaleur de son souffle se répandit dans ses cheveux lorsqu'il murmura :

— On devrait rentrer.

Elle déglutit, mais, au lieu d'une phrase construite, elle s'entendit balbutier :

— Hum ?

— Je pense qu'on devrait rentrer, répéta-t-il, à moins que tu ne préfères que je te fasse l'amour dans la voiture, au milieu de la cour ?

Instantanément, son corps s'embrasa. La main qui l'avait si insolemment frôlée reposait maintenant sous sa poitrine, et sa caresse presque imperceptible lui donnait envie de la placer d'autorité sur son sein. Elle voulait se débarrasser de ses vêtements, sentir sa paume chaude contre sa peau, savourer les sensations enivrantes qui l'avaient transportée, des années plus tôt. Et pendant que ses pulsions combattaient ses angoisses, Tonino détacha sa ceinture.

Pendant une seconde, elle resta suspendue au creux de son regard sombre. Un sourire incurva soudain ses lèvres, et il se pencha vers elle pour ouvrir sa portière. Son parfum la submergea comme un vertige. Elle sortit de la voiture, les jambes tremblantes, une faiblesse bien différente de ses migraines habituelles. Tonino… Tonino la faisait chanceler plus que n'importe quelle blessure.

Elle leva les yeux vers le ciel d'obsidienne en priant de parvenir à résister. Cette attraction… Attraction ? Si elle en avait été capable, elle aurait ri de cette piètre description. Elle était irrésistiblement, inexorablement subjuguée.

Pendant toutes ces années, elle avait tenté de retrouver son nom. Cependant, son visage, lui, l'avait hantée sans répit. Lorsqu'elle s'était réveillée de son coma, c'était lui qui lui était apparu en rêve. Il lui avait semblé si réel, si tangible qu'elle l'aurait désespérément cherché dans les couloirs de l'hôpital, si elle avait pu se lever.

Son accident avait effacé son prénom, effacé les jours qu'ils avaient passés ensemble, effacé sa confrontation avec Sophia et la découverte de ses mensonges. Mais il n'avait pas pu engloutir les sentiments qu'elle avait pour lui. La passion qu'elle n'osait accepter qu'en rêve.

Le cœur battant à tout rompre, elle le suivit dans le hall et retira ses chaussures. Entre les larges murs de pierre, il n'y avait pas un bruit. Elle ne retrouva l'usage de la parole qu'en arrivant à l'étage.

— Je vais voir si Finn va bien.

Elle poussa doucement la porte et se glissa à l'intérieur. La veilleuse diffusait assez de lumière pour éclairer la pièce. Finn dormait à poings fermés, et la porte qui menait à la chambre de l'infirmière était dûment entrouverte.

Elle regarda son fils dormir jusqu'à ce que les battements de son cœur s'apaisent. Elle ressortit sans faire de bruit, mais son pouls repartit de plus belle lorsqu'elle aperçut Tonino adossé contre le mur, les bras croisés.

Il l'avait attendue. Leurs regards se trouvèrent avidement. Il inspira profondément. Plusieurs secondes électriques s'écoulèrent avant qu'il ne décroise les bras. Il se redressa et fit un pas vers elle. Elle aurait pu trouver refuge dans l'ombre de sa chambre… Elle resta immobile, foudroyée, incapable de faire volte-face. Encore deux pas, et plus rien ne les séparait. Il lui enlaça la taille de son bras solide et l'attira tout contre lui. Elle retint son souffle et leva les yeux vers ce visage qui l'avait tourmentée pendant si longtemps. Le silence pulsait entre eux. Et soudain il la souleva contre lui ; son gémissement mourut presque aussitôt contre sa bouche impérieuse, cette bouche qu'elle avait embrassée un millier de fois dans ses fantasmes.

Oh ! mais c'était un baiser qui aurait fait tourner la tête d'une nonne, et elle n'était qu'une femme assoiffée de son amour, une femme qui n'avait jamais désiré que lui, qui lui avait jadis donné son cœur sans condition. Un tourbillon d'émotions la déchira, et, lançant les bras autour de sa nuque, elle lui rendit son baiser avec toute la ferveur de sa passion, les ongles contre sa peau dorée, sa bouche fusionnée avec celle de Tonino, le goût de sa langue sur sa langue. La fièvre bouillait dans ses veines, et chaque parcelle avide de son corps semblait tendre vers lui. Elle resserra son étreinte. Il la pressait contre lui sans retenue. Il ne libéra sa taille qu'en reprenant sa respiration, juste une seconde, le temps d'ouvrir la porte, puis l'enlaça de nouveau.

Elle se laissa entraîner dans une chambre très masculine. Ses pieds s'enfoncèrent dans un épais tapis avant que Tonino ne la soulève dans ses bras puissants. Il la déposa sur le bord de son immense lit à baldaquin, et s'agenouilla immédiatement sur le sol. Il était si grand que leurs visages étaient à la même hauteur, quand il était placé ainsi devant elle. Il prit son visage en coupe entre ses mains chaudes, ses beaux yeux brûlant de désir.

— *Amore mio*, haleta-t-il contre sa bouche, avant de la ravir à nouveau par un baiser féroce.

Les sensations déferlaient en elle avec une intensité irrésistible, comme si sa passion pour Tonino avait été prisonnière d'un sortilège, attendant patiemment que son prince vienne la libérer d'un baiser. Il était aussi affamé, aussi enflammé qu'elle. Son corps douloureux brûlait de retrouver ses caresses, elle se languissait de le toucher, *lui*, de frotter sa joue contre sa poitrine, de humer l'odeur de sa peau, de mordre ses tétons sombres comme elle l'avait fait quatre ans plus tôt. Ses doigts déboutonnaient sa chemise si facilement qu'elle en conclut que ses membres, mieux que son cerveau, avaient gardé le souvenir de leur liaison. En quelques secondes, elle avait écarté les pans du vêtement et faisait glisser les manches le long de ses épaules.

Tonino fit basculer Orla sur le matelas et serra les dents pour étouffer les émotions qui menaçaient de le submerger. Ses mains graciles s'étaient tendues vers lui et le touchaient... partout. Ses doigts coururent comme une flamme sur son torse, son ventre, son dos, et embrasèrent ses veines. Il enfouit son visage dans le creux de son cou et laissa glisser ses paumes sur le corps mince qu'il connaissait si bien. La seule saveur de ses baisers suffisait à le transporter.

Ses autres aventures ne pouvaient se terminer que dans l'indifférence. Dès qu'il avait eu goûté les lèvres d'Orla, personne n'avait plus jamais eu aucune chance. Elle était restée avec lui, sans répit, un spectre au coin de son esprit pendant ses heures d'éveil, un mirage bouleversant dès qu'il fermait les yeux. Elle s'était insinuée dans son cœur à son insu. Il l'avait compris trop tard. Il l'avait déjà perdue.

Mais elle était revenue, pensa-t-il sauvagement, et il ne la laisserait plus partir. La paume pressée contre sa peau lisse, il remonta l'ourlet de sa robe sur sa cuisse et appuya au centre de sa féminité. Elle gémit contre sa bouche et s'arqua sous sa main, le corps moulé contre le sien. Il voulait qu'elle soit nue contre lui ; il voulait caresser sa peau douce, embrasser ses seins fermes, chaque centimètre de son corps, découvrir les métamorphoses dues à la grossesse, apprendre à reconnaître le corps qu'il n'avait jamais oublié.

Ensemble, ils retirèrent sa culotte, et, en reprenant sa bouche avide, il glissa sa main entre ses cuisses. Elle était déjà brûlante, prête à l'accueillir, et se tordit sous sa caresse lorsqu'il appuya son pouce sur son clitoris et plongea un doigt en elle. Sans rompre leur baiser fébrile, il attrapa l'ourlet de sa robe et la remonta jusqu'à sa taille, mais Orla l'arrêta brusquement. Elle avait crispé les mains sur l'étoffe pour l'empêcher de continuer son ascension.

— Je préfère la garder, murmura-t-elle.

Elle enroula les bras autour de sa taille et reprit sa bouche, avide de retrouver son arôme de café et la tiédeur de sa langue. Elle le désirait avec un désespoir qu'elle n'avait jamais connu. Cela relevait même du *besoin*. Elle voulait éprouver toutes les sensations qu'elle avait eues pendant la conception de leur enfant, un souvenir qu'elle n'avait toujours pas retrouvé ; mais elle savait que le moment volerait en éclats s'il la voyait nue. Elle aurait honte. Il détournerait les yeux. Il lui poserait des questions. Et leur fougue ne laisserait place qu'à l'amertume.

Non. Ce qu'elle ressentait était trop bouleversant, trop sensuel, trop ineffable pour qu'elle le mette en péril.

Elle guida sa main large au creux de ses cuisses pour qu'il reprenne sa caresse, puis entreprit de déboutonner son chino et de défaire sa braguette d'un geste assuré, né d'une habitude oubliée. Elle avait déjà effectué tous ces gestes, et, même si elle ne s'en souvenait pas, elle voulait désespérément les recréer. Suivre la chorégraphie de leur plaisir. Avec Tonino. Seulement avec Tonino. Elle lui retira son pantalon et son caleçon avec une souplesse qu'elle ne se connaissait pas. Puis leurs lèvres se retrouvèrent, et les doigts de Tonino l'abandonnèrent pour laisser place à un relief bien plus rigide, long et épais et…

Il la pénétra d'un mouvement fluide. Le plaisir la submergea immédiatement, incroyablement puissant. Son gémissement se changea en soupir alors qu'elle s'ajustait autour de lui. Elle se laissa sombrer dans un tourbillon de sensations familières. Son corps savait exactement ce qu'il voulait, et elle ferma les yeux, soudain confiante. Ses réflexes la guidaient sans difficulté. Elle enfouit une main dans les cheveux de Tonino et lui attrapa les fesses de l'autre pour le guider plus profondément en elle, emportée par le rythme de leurs bassins et de leurs gémissements.

Elle ne put se retenir très longtemps, et le maelström de son extase pulsa comme un cœur battant avant d'exploser en elle sur les cimes du plus merveilleux des plaisirs. Les grognements de Tonino s'approfondirent et il accéléra le rythme jusqu'à ce qu'un cri lui échappe ; engloutie par la jouissance, elle l'accueillit dans ses bras lorsqu'il se laissa tomber contre elle.

Entre rêve et réalité, pendant une trop courte éternité, elle savoura le poids délicieux de Tonino sur son corps, le frisson de son souffle dans le creux de son cou. Elle caressa ses cheveux épais et embrassa son front. Il murmura quelque chose contre sa peau avant de se retirer. Sans la lâcher, il roula sur le dos et accueillit sa tête contre son cœur.

Lentement, l'intensité de l'orgasme s'estompa. Bientôt, il ne lui resta que la pulsation à la fois inconnue et familière qui vibrait entre ses cuisses.

Et une douleur diffuse qui lui transperçait le cœur.

Il aurait été si simple de s'endormir ici. Ils n'avaient pas pris le temps d'allumer la lampe. La chambre était plongée dans le noir, seulement éclairée par l'éclat des étoiles à travers la fenêtre. Elle attendit que la respiration de Tonino devienne profonde et régulière avant de se libérer de son étreinte.

Elle se redressa en prenant garde de ne pas le réveiller. Elle remarqua que ses pieds touchaient toujours le sol et sourit tristement. Elle ne voulait pas qu'il ait froid. Elle tira doucement sur les draps et le couvrit tendrement.

Puis elle se glissa hors du lit, reprit sa culotte et marcha silencieusement vers la porte. Elle venait de tourner la poignée lorsqu'une voix riche et profonde, parfaitement éveillée, la stoppa net.

— Tu prends encore la fuite, *dolcezza* ?

11.

Orla grimaça. Elle aurait dû s'assurer que Tonino était profondément endormi avant de le quitter. Mortifiée d'avoir été prise la main dans le sac, elle compta jusqu'à trois avant de pivoter vers lui.

Il avait allumé sa lampe de chevet, et la lumière éclairait son visage sculptural… et dangereusement impassible.

— Tu n'as pas besoin de partir.

Elle coinça une mèche de cheveux derrière son oreille, puis tirailla sur sa robe.

— Je ne vais pas dormir comme cela.

Un silence lourd de sens flotta entre eux avant que Tonino ne se lève d'un bond.

— Attends ici, ordonna-t-il.

Il traversa la pièce et disparut derrière une porte qu'elle n'avait pas remarquée. Il revint quelques secondes plus tard et lui tendit un vêtement blanc.

— Prends ça. Va te changer dans ma salle de bains. Il y a une brosse à dents neuve dans le placard, sous le lavabo. Tu peux prendre une douche, si tu veux. Il y a des serviettes propres. Sers-toi, d'accord ? Prends tout ce dont tu as besoin.

— Mais j'ai des affaires dans ma…

— Tu vas dormir avec moi. Maintenant, à moins que tu ne décides de me montrer les cicatrices que tu ne veux pas me laisser voir, je t'encourage à utiliser ma salle de bains.

Ses mots lui firent l'effet d'une gifle. Elle resta silencieuse, immobile.

— J'ai appelé Aislin, expliqua-t-il.

— Pardon ?

— Va te changer, Orla, soupira-t-il. Je t'en dirai plus quand tu seras prête.

Vaincue, elle se détourna avant que les larmes ne lui montent aux yeux. Elle ne pouvait pas pleurer devant Tonino. Elle serra le vêtement contre sa poitrine et s'enferma dans la luxueuse salle de bains.

Elle avait besoin de laver le sentiment d'humiliation qui s'attardait sur sa peau. Elle vérifia la serrure de la porte, puis retira sa robe. Les yeux fermés, le visage levé, elle se plaça sous le jet brûlant de la douche.

Avait-elle ressenti la même chose la première fois qu'ils avaient fait l'amour ? Avait-elle eu honte d'elle-même ?

Elle n'aurait jamais cru pouvoir se comporter avec tant d'assurance, tant de convoitise. C'était impossible. Elle n'était pas comme sa mère. Elle s'était sentie humiliée lorsqu'elle avait appris sa grossesse. Non pas parce qu'elle n'était pas mariée – les opinions désuètes de sa grand-mère ne l'avaient pas influencée à ce point – mais parce qu'elle avait offert sa virginité à un homme qu'elle n'avait connu que quelques jours, et qui lui avait menti. Toute sa vie, elle s'était promis d'attendre l'homme idéal, le prince charmant, et voilà qu'elle avait donné son cœur et son corps à un presque inconnu.

Et elle le désirait toujours avec autant de ferveur. Un frôlement, une caresse lui donnaient envie de lui arracher ses vêtements… Elle avait honte de ses propres réactions. Elle avait peur, aussi. Elle était terrifiée de la facilité avec laquelle son corps avait pris le dessus ; elle avait perdu toute retenue.

Dans l'espoir, peut-être, de noyer les démons qui la tourmentaient, elle passa une éternité sous la douche. Elle se sécha avec l'immense serviette qu'on avait posée, proprement pliée, sur le radiateur. Elle fouilla dans le placard qui se trouvait sous le lavabo et se brossa les dents. Enfin, elle déplia le vêtement qu'il lui avait apporté, et son cœur se serra douloureusement.

C'était une de ses chemises.

Avant de l'enfiler, elle enfouit son nez dans l'étoffe

souple et inspira profondément les effluves rassurants de son parfum et de sa lessive.

Lorsqu'elle trouva enfin le courage de déverrouiller la porte pour l'affronter, elle prit une profonde inspiration et poussa le battant. Il était assis sur le lit, couvert jusqu'à la taille par le drap blanc. Il n'avait pas tenté de tuer le temps avec un livre ou son téléphone. Il l'avait attendue.

— Tu te sens mieux ? s'enquit-il, vaguement ironique.

La gorge nouée, elle dut battre des paupières pour réprimer les larmes brûlantes qui lui montaient aux yeux ; mais elle hocha la tête. Il tapota le matelas, près de lui. C'était un ordre, pas une invitation.

Elle le rejoignit timidement et s'assit à côté de lui. Assez loin, néanmoins, pour que leurs corps ne se touchent pas par inadvertance. Mais Tonino n'était pas de cet avis et la foudroya du regard avant de l'attirer contre lui.

— Arrête de me combattre, murmura-t-il en embrassant ses cheveux.

— Je ne te combats pas, prétendit-elle.

— Détends-toi, *dolcezza*. Je ne vais pas t'arracher ma chemise.

Sa joue frôla sa poitrine, et l'odeur épicée de sa peau lui chatouilla les narines avant de s'insinuer dans ses veines, étonnamment apaisante. Un frisson de tristesse la parcourut. Dans le creux de ses bras, elle était à sa place. Elle avait toujours été à sa place. Avec un soupir, elle posa la main à plat sur son ventre et embrassa sa peau tiède, alors même qu'elle ravalait un sanglot.

— Quand as-tu parlé à Aislin ? murmura-t-elle lorsqu'elle retrouva sa voix.

— Tout à l'heure, pendant que tu te préparais pour dîner.

— Pourquoi ?

Il caressa tendrement ses cheveux.

— Parce que tu me caches des choses.

— Je ne te cache rien, depuis que je t'ai revu au mariage et que j'ai retrouvé mes souvenirs. Tu sais tout ce qu'il y a à savoir sur Finn…

— Je ne parle pas de Finn. Je parle de toi.

Il glissa les doigts le long de sa joue et releva son menton. Il la scruta avec attention.

— J'ai un mal fou à t'arracher des informations sur les conséquences à long terme de l'accident. Tu n'admets que ce que tu ne peux pas cacher. Et je crois que je sais pourquoi : parce que tu as peur que j'utilise tes blessures contre toi pour obtenir la garde de Finn.

Impossible de cacher quoi que ce soit à Tonino.

— Tu n'as pas eu qu'un traumatisme crânien, n'est-ce pas ? continua-t-il en lui caressant la joue. Tu as été partiellement paralysée, et tu as dû subir trois opérations pour retrouver tes fonctions motrices et pouvoir marcher. Tu as passé six mois à l'hôpital et un an dans un centre de rééducation. Tes muscles sont encore faibles et convulsent après trop d'effort. Idéalement, tu devrais dormir dix heures par nuit, parce que les tâches les plus simples te demandent une concentration intense. Tu souffres de migraines régulières. Et Aislin est partie en Sicile pour demander ta part de l'héritage plus de six mois après la mort de ton père, parce que tu étais trop faible pour t'occuper de Finn toute seule avant cela. Est-ce que j'ai oublié quelque chose ?

Tonino prenait soin de garder un ton léger alors qu'il énumérait les épreuves qu'Orla avait dû surmonter. Il aurait pu mentionner aussi ses côtes brisées, son bras fracturé, mais la larme solitaire qui roulait sur sa joue le fit taire. Il en avait assez dit.

Il avait compris petit à petit qu'Orla ne lui avait pas avoué l'étendue de ses problèmes médicaux. Il avait décelé un détail, ici ou là, jusqu'à ce qu'il remarque un indice dans chacun de ses actes. La façon qu'elle avait de se concentrer pour porter une tasse à ses lèvres…

Comme Orla avait de toute évidence l'intention de masquer sa condition, il avait appelé Dante. Il avait dû le convaincre que ses intentions étaient honorables avant que son ami n'accepte de lui passer Aislin. Il avait écouté les détails de l'accident avec la gorge nouée. Orla donnait courageusement le change, mais elle souffrait toujours, des années plus tard. Les conséquences de ses blessures étaient peut-être même irréversibles.

— Fais-moi confiance, Orla.

Il frôla ses lèvres tremblantes d'un baiser.

— Je ne t'enlèverai jamais Finn. Tu n'as pas besoin de me cacher quoi que ce soit. Je veux t'aider, c'est tout.

Elle cligna des yeux nerveusement.

— J'ai du mal à faire confiance aux gens.

Il s'allongea lentement sur le matelas en l'entraînant avec lui, puis roula sur elle. Les coudes de part et d'autre de son visage, il plongea les yeux dans les siens.

— Fais un effort, Orla. Je ne suis pas ton ennemi. Je n'ai pas l'intention de t'arracher notre fils sous prétexte que tu es parfois maladroite ou que tu as besoin de plus de sommeil que moi. Et je ne vais pas cesser de te désirer à cause de quelques cicatrices.

Elle se mordit la lèvre, la gorge frémissante. D'une main, il lui écarta les jambes, puis il appuya son bassin contre le sien.

— Est-ce que tu me sens ? murmura-t-il.

La pression de son désir entre ses cuisses lui fit écarquiller les yeux. Le souffle court, elle hocha la tête.

— Personne ne m'excite autant que toi, Orla. Personne.

Il embrassa ses lèvres pulpeuses en laissant glisser sa main le long de son corps. Il posa la main sur son sein. À travers la chemise, il devinait mieux sa douceur qu'avec sa robe et son soutien-gorge ; mais il voulait sentir sa peau nue contre sa paume, son téton se durcir sous sa langue.

— Je ne te forcerai jamais à faire quoi que ce soit, souffla-t-il en la pénétrant lentement.

Ses gémissements presque inaudibles et cette façon qu'elle avait de s'arquer contre lui le rendaient fou. Il se retira pour la reprendre d'un coup de reins plus déterminé.

— Je ne veux que ton plaisir.

Et, s'il lui montrait toute l'extase qu'ils pouvaient s'offrir l'un à l'autre, peut-être que sa peur disparaîtrait. Peut-être que l'Orla qui s'était donnée à lui sans aucune retenue lui reviendrait.

Quand Orla ouvrit les yeux, la chambre était baignée de soleil. À côté d'elle, le lit était vide. Elle se redressa à la hâte. Quelle heure était-il ? Elle traversa le couloir et se glissa dans la chambre de Finn sans faire de bruit. Le petit lit était vide ; la chambre de l'infirmière également. Elle retourna dans la sienne, enfila des sous-vêtements et son peignoir, puis partit à la recherche des garçons.

Elle avait gardé la chemise de Tonino, malgré la petite voix qui lui reprochait son sentimentalisme.

Où pouvaient-ils bien être ? Elle parcourut les couloirs, de plus en plus inquiète, avant de les trouver dans le bureau de Tonino. Pendant qu'il lisait sur son ordinateur, Finn jouait avec ses cubes, assis sur le sol. Ils levèrent les yeux à l'unisson en l'entendant approcher.

— Maman !

Elle s'agenouilla devant son fils et le serra dans ses bras en attendant que le rythme affolé de son pouls s'apaise. Elle se tourna ensuite vers Tonino.

Son cœur rata un battement. Les images de la nuit lui revinrent avec une intense acuité, et son sourire complice lui soufflait qu'il pensait à la même chose.

— Quelle heure est-il ? s'enquit-elle.

Il jeta un coup d'œil à sa montre.

— 11 heures.

— Oh ! tu aurais dû me réveiller !

— Tu avais besoin de te reposer, *dolcezza.*

Il lui lança un clin d'œil insolent qui la fit rougir jusqu'à la racine des cheveux.

— J'ai promis d'aller me baigner avec Finn. Si tu veux nous accompagner…

Le lendemain, après avoir construit des châteaux de sable sur la plage privée de Tonino et dévoré son pique-nique, Finn finit par s'endormir sur le sable. Orla lui caressa les cheveux et vérifia que le parasol protégeait sa peau délicate avant de le couvrir d'une serviette de bain. Une fois rassurée, elle étendit les jambes et offrit son visage à la caresse du soleil estival.

— Tu as l'air heureuse, remarqua Tonino en ouvrant une bouteille de bière fraîche.

Elle hocha la tête, soulagée que ses lunettes de soleil dissimulent son regard. Il suffisait à Tonino de plonger ses yeux dans les siens pour lire dans ses pensées. Ce matin, elle s'était réveillée dans son lit, après une nuit de luxure. Bien sûr, elle s'était promis de ne pas rester dormir ; mais sa résolution n'avait pas tenu très longtemps. Comment aurait-elle pu s'interdire de faire l'amour avec Tonino ? Elle n'était pas masochiste. Ou était-ce une punition plus subtile qui l'attendait ? Le plaisir enivrant qu'elle avait trouvé entre ses draps valait-il vraiment la migraine qui ne manquerait pas de la terrasser ?

— Finn est heureux aussi, ici, ajouta-t-il en mordant dans un cube de melon jaune.

Elle se tourna vers leur fils endormi. Il avait raison : Finn s'amusait follement, depuis qu'ils étaient arrivés en Sicile.

— Est-ce que tu as repensé à ma demande en mariage ?

— Non.

Elle secoua la tête, déterminée, sa queue-de-cheval giflant son épaule comme une cravache. Il poussa un long soupir.

— Et qu'est-ce qui t'empêche de dire oui ?

— Rien n'a changé, Tonino. C'est une très mauvaise idée.

Un zeste d'âpreté s'insinua dans la voix grave.

— Pourquoi ?

Sa défiance la fit frémir, et elle se hérissa à son tour.

— Parce que ce mariage ne voudrait rien dire. Tu n'aurais jamais proposé une chose pareille si je n'avais pas eu Finn. Il y a quatre ans, tu as fait semblant d'être quelqu'un d'autre, Tonino. Je veux bien te croire au sujet de tes fiançailles, mais cela n'explique pas pourquoi tu m'as menti sur ton identité. Je comprends, tu sais. Tu ne m'as jamais prise au sérieux. J'étais si différente du type de femmes que tu avais l'intention d'épouser, si inférieure, que tu n'as même pas pris la peine de me dire la vérité.

Un long silence suivit sa tirade, bercé par le roulis des vagues.

— L'idée de ta pseudo-infériorité ne m'a même pas traversé l'esprit, finit-il par lâcher avec une moue de dédain. Quand nous nous sommes rencontrés, je voulais seulement avoir une aventure avec toi. Tu ne me connaissais pas. Tu n'avais pas de préjugés ou d'arrière-pensées. Tu ne voulais que moi. Et c'était nouveau pour moi. Libérateur.

Il tourna le visage vers elle. Malgré les verres sombres de ses lunettes, son regard la pénétra jusqu'au cœur.

Elle se souvenait de sa panique instinctive lorsqu'elle avait découvert sa richesse, ses relations et l'influence de sa famille. Elle avait été terrifiée. Mais il avait raison : ce genre de pouvoir attirait certaines femmes comme un aimant.

— Ensuite, les choses se sont accélérées entre nous. Je savais que je devais te dire la vérité. J'ai fait l'erreur de partir en Toscane avant de t'en parler, et Sophia t'a manipulée sans aucun effort, murmura-t-il.

— Non. Tu aurais dû me dire la vérité dès le début.

Elle luttait pour dissiper l'envoûtement de sa voix profonde. Il était hypnotique ; son timbre aurait transformé le plus médiocre des poèmes en chef-d'œuvre. Mais elle n'avait pas l'intention de se laisser convaincre.

— Tu t'es moqué de moi. J'étais juste une distraction, une petite Irlandaise naïve avec qui tu as trompé l'ennui en jouant la comédie pendant quelques jours.

Il avala le reste de sa bière d'une traite.

— Peut-être au début, admit-il. Mais pas pour longtemps. Je suis tombé amoureux de toi, *dolcezza*, plus passionnément que je ne l'ai jamais été, et tu t'es enfuie plutôt que de me laisser le bénéfice du doute. Je n'ai même pas eu le droit de me défendre. Tu as suivi Sophia les yeux fermés.

— Elle était très convaincante, rétorqua-t-elle.

Mais un regain de culpabilité lui nouait la gorge. Il avait raison. Elle ne lui avait pas laissé le temps de s'expliquer.

— Sophia est une très bonne actrice.

— Je crois que sa haine n'était pas feinte.

— Quelle haine ? Qu'est-ce qui te fait dire cela ?

— Tu n'as pas remarqué les regards noirs qu'elle m'a lancés au mariage d'Aislin et Dante ?

— Ce n'est pas personnel. Elle regarde tout le monde comme cela.

Il retira ses lunettes de soleil et baissa les yeux vers elle.

— Je connais Sophia depuis mon enfance. C'est une vipère, mais elle ne te ferait pas de mal. Elle est mariée, maintenant, et elle a un enfant.

— Oh ! fit-elle avec un petit rire tremblant. Et moi qui pensais qu'elle me maudissait depuis quatre ans.

— Ne t'inquiète pas. C'est une grande rancunière, mais ses agressions ne sont que verbales.

— Mais pourquoi m'en voudrait-elle ? Si tu ne l'as pas trompée avec moi, pourquoi me déteste-t-elle ?

— Parce que j'ai rompu nos fiançailles pour toi.

— *Quoi ?*

Avant qu'elle perde la mémoire, la douleur de Sophia et le rôle inconscient qu'elle avait joué dans leur rupture l'avaient hantée. Et, maintenant qu'elle espérait s'absoudre de toute responsabilité, Tonino lui avouait qu'il avait refusé d'épouser Sophia à cause d'elle ?

— Tu as… Tu as rompu tes fiançailles pour *moi* ?

Il marqua une longue pause avant de reprendre la parole, les sourcils froncés.

— Pas exclusivement. C'était aussi… à cause du désir que je ressentais pour toi. Je n'avais jamais connu une telle attraction. Un homme qui s'est engagé auprès d'une femme ne devrait pas ressentir un tel désir pour une autre.

— C'est un peu abstrait, Tonino, dit-elle dans un sourire.

Il rit légèrement, mais un accent acide mâtinait sa voix.

— Sophia et moi n'aurions jamais dû nous fiancer.

— Alors pourquoi l'étiez-vous ?

— Nos deux familles en parlaient depuis toujours. Nos mères sont amies depuis leur petite enfance. Dès notre naissance, elles s'amusaient à imaginer notre mariage. Comme je me rapprochais de la trentaine et que mon entourage s'attendait à ce que je me marie et fonde une famille, épouser Sophia s'est imposé comme une évidence. En théorie, nous étions parfaits l'un pour l'autre. Tu sais, *dolcezza*, les riches ont tendance à voir le mariage comme un échange de bons procédés. Il faut penser à l'avenir et au prestige. Ma propre réputation m'importe peu, mais celle de mes parents leur tient beaucoup à cœur. Épouser une Messina, pour une famille aussi ancienne et aussi noble que les Valente, promettait de valoriser notre nom. Et vice versa.

— Et comment ont-ils réagi quand tu as changé d'avis ?

Un éclair d'amertume passa sur son visage.

— Mal, hein ? devina-t-elle.

— Très mal.

— C'est compréhensible.

Ses traits s'assombrirent dangereusement.

— Compréhensible ?

De toute évidence, elle avait touché un point sensible. Au risque de tenter le diable, elle continua tout de même :

— S'ils étaient proches des parents de Sophia, ils ont dû se sentir mal à l'aise.

— Ils n'étaient pas mal à l'aise, asséna-t-il, la mâchoire crispée. Ils étaient furieux parce que j'avais brisé leur rêve. Ils ont osé m'accuser d'être déloyal.

Il passa une main rageuse dans ses cheveux.

— Je savais qu'ils n'approuveraient pas ma décision, mais je ne m'attendais pas à ce que ma mère manque de me gifler, ou que mon père me menace de me déshériter si je ne revenais pas sur ma décision.

Il lâcha un ricanement méprisant.

— Comme si je me souciais de son argent. J'étais déjà plus riche que lui.

Orla songea à sa grand-mère, qui avait si souvent promis à sa mère de la déshériter, sans pour autant mettre ses menaces à exécution. Après sa mort, sa mère avait partagé le modeste héritage avec son frère et sa sœur.

Elle soutint le regard de Tonino et demanda doucement :

— Mais vous vous êtes réconciliés, n'est-ce pas ? J'imagine que la situation s'est améliorée, puisque tu comptes leur présenter Finn.

Il ricana de nouveau, dédaigneux.

— Je ne leur pardonnerai jamais d'avoir fait passer leur réputation et leur orgueil au-dessus de mon bonheur, mais ce sont toujours mes parents. On ne change pas sa famille.

— Tonino… Est-ce qu'ils t'ont vraiment déshérité ?

— Pas que je sache.

Malgré la solennité de leur conversation, elle ne put s'empêcher d'éclater de rire.

— Il t'a juste menacé parce qu'il était en colère, pas vrai ? Oh ! Tonino, tu es bien le fils de ton père.

— Pardon ? Pourquoi donc ?

— Toi aussi, tu perds complètement le sens des réalités quand tu es furieux. Comme quand tu m'as juré que tu obtiendrais la garde de Finn. Je me demande s'il a hérité de la mauvaise humeur des Valente, tiens.

Tonino contempla son sourire mutin, incrédule. Prenait-elle le parti de ses parents ? Non, c'était impossible. Si leur querelle avait été de courte durée, peut-être aurait-il pu accepter son argument, mais il avait supporté leur fureur pendant des mois. Des mois durant lesquels sa mère supportait à peine ses visites.

Il avait décidé de leur annoncer sa décision en personne, le soir même de sa rupture avec Sophia. Après leur première dispute, il avait trouvé refuge dans les bras d'Orla. Il avait éteint son téléphone et s'était cloîtré avec elle dans son plus vieil appartement. Ces jours magiques, qu'il avait passés coupé du monde et de la réalité, l'avaient délivré des attentes de sa famille. Il avait tout oublié, n'avait vécu que pour Orla.

Malheureusement, son absence n'avait fait que nourrir la colère de ses parents. Lorsqu'il les avait revus, ils s'étaient montrés plus venimeux que jamais. Bouleversé par la disparition d'Orla, choqué par leur égoïsme, il avait laissé la colère prendre le dessus et avait rendu coup pour coup.

— Certains mots ne s'oublient pas, insista-t-il. Et, maintenant que je suis père, je sais que leur comportement est impardonnable.

— Oh ! pitié.

Elle portait toujours ses lunettes de soleil, mais il était certain qu'elle avait levé les yeux au ciel.

— Ils sont humains, comme tout le monde. La vie est trop courte pour leur garder rancune.

— Peux-tu pardonner ta mère ?

— C'est différent. Elle ne s'est jamais comportée comme une mère avec moi.

Soudain, elle le prit de court en grimpant à califourchon sur ses genoux. Elle lui enlaça la nuque et poussa un soupir.

— Souviens-toi. L'erreur est humaine, le pardon est divin.

— Et quand vas-tu m'accorder le tien ?

— J'y travaille.

Puis elle l'embrassa si tendrement que, si Finn n'avait pas été couché à deux pas de là, il l'aurait prise sans attendre, sur le sable tiède.

12.

Plus tard ce soir-là, seulement vêtue de la chemise de Tonino et repue dans ses bras, Orla dessinait des cercles sur son torse du bout des doigts. Dans la pénombre, elle s'enquit :

— Avais-tu des sentiments pour Sophia ?

La question la taraudait depuis leur excursion à la plage. Il resta si longtemps silencieux qu'elle se demanda s'il s'était endormi ; mais il se tourna bientôt vers elle et plongea sa main dans ses cheveux détachés.

— J'étais attiré par elle. Sophia est très belle. Mais je n'avais pas de sentiments pour elle.

Il poussa un soupir.

— Il n'y avait pas vraiment d'atomes crochus entre nous. Je pensais que la familiarité nourrirait notre désir, mais j'avais tort. Notre familiarité n'a entraîné que le mécontentement et le mépris. Nous nous entendions bien quand nous étions enfants, mais, à l'âge adulte, plus je fréquentais Sophia, et moins je l'appréciais.

Il fit tourner une mèche de cheveux entre ses doigts.

— Mais je n'ai compris que je devais mettre un terme à cette mascarade que lorsqu'une belle Irlandaise est entrée dans mon hôtel.

Son cœur rata un battement. Tonino embrassa son front et resserra son étreinte autour de sa taille.

— Tu sais, *dolcezza*, tu étais la plus belle femme que j'aie jamais vue. J'ai passé la journée à organiser la décoration de ta chambre au lieu de voir les avocats et les comptables avec qui j'avais rendez-vous.

En sentant le cœur d'Orla tambouriner contre sa poitrine, il frémit de désir renouvelé.

— Je n'ai pas pu m'empêcher de fantasmer sur toi. Je voulais te déshabiller et te faire l'amour.

Comme il en avait toujours envie aujourd'hui…

— Et ces fantasmes m'ont convaincu de rompre avec Sophia. Comment pouvais-je l'épouser alors que je ressentais un désir si intense pour quelqu'un d'autre ? Briser nos fiançailles sur-le-champ était la seule solution honorable. Je ne voulais pas te proposer quoi que ce soit avant d'avoir été clair avec elle. Quand nous avons passé la nuit ensemble, j'étais déjà libre.

D'un mouvement souple, il la fit rouler sur le dos et cala son corps sur le sien.

— Et je suis toujours libre. Épouse-moi et tu me posséderas pour toujours.

Elle le buvait du regard, ses yeux étincelant dans l'obscurité. Il prit son visage entre ses mains et frôla son nez du sien.

— *Dolcezza*, tu es la plus belle femme que j'aie jamais vue. Je n'ai jamais voulu personne autant que toi. Je t'ai dans la peau, dans les veines. Et je te veux pour toujours.

Sur ce dernier murmure, il l'embrassa.

Orla, hypnotisée par le pouvoir de ses mots et la richesse de sa voix, sombra contre sa bouche avec un soupir, le corps brûlant d'impatience. Était-il sincère ? N'avait-il jamais désiré quelqu'un autant qu'il la désirait, elle ? Oh ! mais elle n'avait jamais voulu que lui…

— Finn sera heureux ici…, murmura-t-il contre sa gorge. Il aura une grande famille, des cousins avec qui jouer, du soleil… Tout ce qu'il voudra pour s'épanouir.

Il captura un téton à travers le coton de la chemise et le suça sans merci.

— Si tu ne veux pas m'épouser, viens vivre avec moi. Viens vivre ici.

Il glissa le long de son buste en embrassant son ventre couvert, avant d'attraper ses cuisses pour les écarter doucement.

— Tu serais tout près de Dante et d'Aislin.

Il reprit sa descente et releva ses fesses.

— Je sais qu'ils te manquent.

— Tu… triches, Tonino, grogna-t-elle, trempée de désir, avide de lui.

— Je joue pour gagner.

Il pressa son pouce contre son clitoris gonflé. Elle poussa un gémissement et resserra ses doigts sur l'oreiller.

— Ose me dire que tu n'y gagnes pas aussi.

Puis il remplaça son pouce par sa langue et ses pensées se fondirent en un plaisir absolu et indicible.

— Nous pouvons rester jusqu'à la fête. Éviter à Finn un autre aller-retour, murmura-t-elle quelques heures plus tard.

La promesse d'Orla s'insinua délicieusement dans la somnolence repue de Tonino. Il sourit contre sa peau et embrassa son épaule.

— Si tu emménages, il n'aura plus besoin de voyager entre nos deux pays.

— Je sais.

— Penses-y. Pour Finn.

Et pour moi, songea-t-il alors qu'il se laissait enfin aller au sommeil.

Les dix jours suivants passèrent sans qu'il ne revienne sur le sujet de leur mariage ou de leur vie commune. Au début, Orla avait été soulagée de cette trêve, mais elle craignait maintenant que ce calme trompeur n'annonce la tempête. Tonino était capable de la prendre au dépourvu lorsqu'elle s'y attendrait le moins. Elle était censée retourner en Irlande le lendemain, mais elle n'avait toujours pas pris sa décision. Elle devait l'admettre, au moins pour elle-même : elle était déchirée entre le cœur et la raison. Bien sûr, elle voulait que Finn puisse profiter de tous les avantages qu'une vie en Sicile lui offrirait sur un plateau d'argent ; mais son cerveau lui soufflait que Tonino ne la voulait, elle, que pour son fils. Le sexe n'était qu'un bonus. Un avantage en nature, comme aurait dit sa grand-mère en fronçant le nez.

Mais pas pour Orla. Pour elle, chaque nuit… Chaque nuit, son âme lui soufflait qu'elle lui faisait l'amour. Pour ne rien arranger, il lui manquait lorsqu'il n'était pas là. Il avait passé la première semaine avec elle et Finn, mais il avait ensuite dû reprendre le travail. Il avait enchaîné les réunions au sommet et les escales transeuropéennes.

Il y avait quelque chose d'incroyablement sexy dans la façon qu'il avait, au petit matin, de couvrir son corps sublime d'une chemise parfaitement repassée, d'en glisser les pans immaculés dans son pantalon taillé sur mesure. Elle l'avait regardé, affamée, boutonner lentement les pans de son veston sombre, attacher ses boutons de manchette, nouer les lacets de ses chaussures cirées… Et chaque fois l'envie de bondir hors des draps pour l'embrasser à perdre haleine l'avait prise à la gorge, si violente qu'elle avait dû crisper les poings et divertir son esprit concupiscent.

Comment pouvait-elle se consumer ainsi pour lui ? Comment pouvait-elle souffrir de son absence dès qu'il avait passé la porte ? Elle gardait toujours son téléphone en vue, prête à répondre dès la première sonnerie.

Il l'appelait souvent. Il était prévenant. Lorsqu'il rentrait si tard qu'elle s'était déjà endormie, il se glissait près d'elle et se contentait de la prendre dans ses bras. Il la laissait dormir et réservait leurs caresses pour le lendemain.

La veille, il était arrivé à l'heure du déjeuner en décrétant que son travail était terminé pour la semaine, et elle s'était fait violence pour ne pas lui sauter au cou, enchantée à l'idée qu'il lui soit revenu. Finn aussi avait battu des mains. Il était si heureux de voir son père que la bonne humeur d'Orla avait chancelé sous le coup de la culpabilité. Ses émotions contradictoires lui faisaient honte.

Elle avait honte aussi d'avoir appelé Aislin pour lui demander conseil, dès le départ de Tonino, lundi matin. Elle était adulte et responsable, et néanmoins elle était incapable de prendre une décision toute seule, obligée de déranger sa petite sœur pendant sa lune de miel.

Aislin l'avait écoutée avec attention avant que son visage ne s'éclaire sur l'écran du téléphone.

— J'en étais sûre ! Il est fou de toi.

Elle avait éclaté de rire.

— De toute façon, s'il veut encore de toi après mes menaces, c'est qu'il est dingue.

— Est-ce que tu es… ivre ?

— De bonheur, sûrement !

— Il n'est pas fou de moi. Il veut s'occuper de Finn. Je suis simplement la mère de son fils.

Aislin avait levé les yeux au ciel.

— Si tu crois vraiment à ces bêtises, tu es une idiote, Orla. Écoute, ne prends pas de décision hâtive, mais si tu veux mon opinion je serais ravie que tu emménages en Sicile. Vous me manquez, toi et Finn.

— Tu vas avoir ton propre bébé.

— Et mon bébé veut voir sa tante et son cousin tous les jours. Je ne te demande pas de l'épouser ou de vivre chez lui, tu sais. Mais tu pourrais t'installer dans le coin.

— Pourquoi *je* devrais déménager ?

— Parce que rien ne te retient en Irlande.

Aislin n'avait pas tort. Elle avait eu une vie bien remplie, à une autre époque. Quand elle avait rencontré Tonino, elle s'apprêtait à commencer un nouveau chapitre. Elle avait décroché le métier de ses rêves. Mais l'avenir pour lequel elle avait travaillé si dur lui avait glissé entre les doigts. Sa grossesse avait chamboulé sa vie. Avec l'accident et ses conséquences, elle doutait même de pouvoir retrouver un travail ; et, même si c'était possible, elle ne savait pas si elle pourrait se résoudre à laisser Finn toute la journée. Elle supportait à peine l'idée de l'abandonner quelques heures. Comment pourrait-elle jamais accepter de le laisser rendre visite à son père pendant des semaines ? Oui, tout lui soufflait d'accepter de vivre avec Tonino, ou du moins de suivre le conseil d'Aislin : emménager en Sicile.

Mais il était hors de question qu'elle l'épouse. Le mariage était un engagement d'amour, fondé sur des vœux sincères. Sa mère avait épousé le père d'Aislin par obligation, parce que sa grand-mère ne pouvait supporter l'idée qu'elle ait un deuxième enfant illégitime. Leur union avait été désastreuse, évidemment. Ils avaient divorcé au bout d'à peine deux ans.

Bien sûr, au fond d'elle-même, elle ne pouvait s'empêcher d'imaginer une réelle demande en mariage. Si seulement Tonino avait voulu l'épouser pour elle, plutôt que pour donner un foyer à Finn… Mais elle ne pouvait pas se laisser aller à ce genre de fantasmes.

La frustration lui donnait envie de hurler. Elle devait faire un choix. Et le temps était compté. Tonino attendait sa réponse pour le soir même, au retour de la fête.

Désireuse de faire bonne impression à sa famille, du moins pour assurer sa sympathie envers Finn, Orla laissa son fils avec Tonino pendant qu'elle se préparait. Elle passa en revue sa garde-robe une dizaine de fois avant d'opter pour une élégante robe bleu nuit, dotée de ses éternelles manches longues. Elle avait profité du soleil ces dernières semaines : la jupe souple, qui lui arrivait à mi-cuisses, dévoilait ses jambes dorées. Avant d'enfiler la robe, elle choisit un ensemble de lingerie bleu, et appliqua une touche de crème sur ses cicatrices. Celles de son dos la démangeaient aussi ; elle passa la robe sans la fermer et, crème en main, alla frapper chez l'infirmière. Celle-ci étala la crème en lui rappelant qu'elle aurait dû laisser la lotion pénétrer avant de s'habiller. Mais soudain quelqu'un frappa à la porte qui menait à la chambre de Finn. À la grande horreur d'Orla, le battant, mal fermé, bascula, laissant apparaître Tonino. Sur le seuil, la main toujours levée, il avait déjà commencé à parler à l'infirmière en sicilien, mais les mots moururent sur sa langue lorsque leurs regards se croisèrent.

L'infirmière sembla deviner son émotion et s'interposa entre eux pour dissimuler son corps tandis qu'Orla réajustait sa robe et disparaissait par l'autre porte, les joues brûlantes d'humiliation.

Tonino regrettait de ne pas avoir pris le volant. Il aurait pu se concentrer sur la route. Au lieu de cela, il était assis à l'arrière de la limousine, incapable d'oublier le regard horrifié de son amante lorsqu'il l'avait surprise en sous-vêtements.

Il ne l'avait pas vue aussi dénudée depuis quatre ans. Et elle s'était enfuie comme une biche aux abois.

Et dire qu'il s'était félicité des progrès de ces dernières semaines ! Il avait cru que tout allait bien entre eux. Pour la première fois depuis des années, il était rentré chaque soir chez lui plutôt que de loger dans ses hôtels après ses réunions. Il avait voulu retrouver son fils et Orla aussi vite et aussi souvent que possible. Mais la réaction d'Orla l'avait cruellement ramené à la réalité. Elle avait eu l'air si vulnérable qu'il avait à peine remarqué son corps dévoilé. À peine entrevu les cicatrices qu'elle dissimulait avec soin.

Orla ne lui faisait pas confiance.

Elle laissait l'infirmière traiter ses blessures. Mais les montrer à l'homme avec qui elle partageait son lit tous les soirs ? Pas question. Ils faisaient l'amour régulièrement, mais elle gardait toujours le buste couvert.

— Est-ce que tes parents savent que la mère de Finn est aussi la femme pour laquelle tu as rompu avec Sophia ? demanda-t-elle après que Finn se fut endormi, bercé par le roulis de la voiture.

Il s'accorda une seconde de silence. Il ne pouvait pas se disputer avec elle maintenant, alors qu'ils s'apprêtaient à affronter sa famille. Il allait devoir contrôler sa colère.

— Je ne sais pas. Je n'en ai jamais parlé avec eux.

— Même quand tu as vu ta mère, hier ?

La veille, il avait emmené Finn à la plage pour lui présenter sa mère. C'était la première fois qu'ils sortaient ensemble sans Orla, et son absence lui avait coûté.

— Nous n'en avons pas parlé.

Il avait retrouvé sa mère dans un café en bord de mer. L'après-midi s'était avéré plus agréable que prévu. Sa mère n'avait pas été aussi chaleureuse avec lui depuis des années. Lorsqu'elle avait vu Finn et ses grands yeux bruns, elle avait été visiblement émue. Elle était si sincèrement enchantée de le rencontrer que Tonino s'était presque adouci, lui aussi.

Orla l'avait encouragé à leur pardonner. Et, s'il avait refusé de l'admettre sur le coup, elle avait bel et bien raison. Son père avait réagi comme il l'aurait fait lui-même.

Il avait fallu des mois pour que leur colère mutuelle s'apaise, mais malgré tout quelque chose s'était brisé entre eux. Même aujourd'hui, alors qu'ils faisaient tous mine de se comporter comme une famille unie, une distance glacée subsistait. Les étreintes étaient machinales. La chaleur était une pantomime. Et il leur en avait toujours voulu pour cela.

Et pourtant il était peut-être temps de se remettre en question. Il avait brisé une amitié chère à leur cœur, et, qu'il le veuille ou non, il les avait couverts de honte. Il avait toujours trouvé leur réaction égoïste et méprisable, mais pour la première fois, grâce à Orla, il comprenait qu'ils s'étaient simplement laissés aller à la colère. Après tout, il les avait mis devant le fait accompli avant de se volatiliser. Il avait jeté de l'huile sur le feu : pendant qu'il vivait quelques jours de passion avec Orla, coupé du monde, la fureur de ses parents s'était envenimée. Lorsqu'il était réapparu, il avait dû affronter une rancœur encore attisée par sa lâcheté. Brisé par la désertion d'Orla, il avait été cruel, lui aussi. Il avait exorcisé sa frustration et sa douleur sur ses parents. Il s'était comporté comme un idiot, et il en prenait enfin conscience.

L'accent chantant d'Orla interrompit ses méditations.

— Je pense que tes parents savent compter. Ils vont comprendre que la conception de Finn coïncide avec la fin de tes fiançailles. Tu crois qu'ils lui en voudront ?

— Pourquoi en voudraient-ils à Finn ?

— Les gens ont la mauvaise habitude de blâmer les enfants pour les erreurs de leurs parents…

Orla regardait le paysage défiler derrière la fenêtre.

— Est-ce que tu parles d'expérience ?

— Oui. L'addiction au jeu et les infidélités de Salvatore ont posé des problèmes à Dante, tu sais. Ses associés lui ont reproché la réputation de son père alors qu'il n'en était pas responsable et ne s'est jamais comporté comme lui.

— Et toi ? As-tu souffert de ce genre de choses ?

Elle se tourna vers lui.

— Bien sûr. Ma conception a toujours pesé sur ma vie.

En espérant qu'elle plaisantait, il lui sourit.

— Nous sommes au XXIe siècle, Orla.

— Mais tout le monde ne vit pas avec son temps, surtout dans un petit village comme le mien. J'étais la preuve vivante de la honte de ma mère. Ou de son manque de honte.

Elle lâcha un petit rire sans joie.

— Aurait-elle dû avoir honte ?

Il l'observa avec curiosité. Bien sûr, il tenait rigueur à la mère d'Orla d'avoir abandonné ses filles et son petit-fils, mais Orla n'avait pas pour habitude de juger autrui.

— Elle n'était pas mariée, elle. C'est Salvatore qui a trompé sa femme, ajouta-t-il.

Elle haussa les épaules en poussant un soupir.

— Je ne sais pas. J'avais une opinion toute faite, quand j'étais petite. Ma mère était partie en vacances en Sicile et était tombée enceinte d'un homme marié. Tout le monde savait que j'étais le produit d'un adultère.

Elle appuya la tête contre le siège d'un mouvement las.

— Je comprends pourquoi tu ne m'as pas dit qui tu étais, tu sais. Moi aussi, je voulais te cacher que j'étais la fille illégitime de Salvatore Moncada. Je ne voulais pas que tu aies des préjugés sur moi, que tu penses que j'étais une fille facile, comme ma mère.

— Je n'aurais jamais pensé une chose pareille.

— Je sais.

Elle croisa son regard et lui sourit tristement.

— Je suis contente que ta mère ait été si gentille avec Finn et qu'elle l'accepte dans sa famille, vraiment. C'est égoïste, mais je ne peux pas m'empêcher de m'inquiéter de ce qu'ils penseront de moi. Tu m'as dit que leur réputation était importante à leurs yeux. Est-ce qu'ils savent qui je suis ?

— Oui. Crois-moi, le fait que tu sois la sœur de Dante Moncada et à moitié sicilienne joue en ta faveur.

Elle fronça le nez.

— Vraiment ?

Il rit amèrement.

— Oui. Tu as le pedigree adéquat pour me fréquenter.

— Je ne suis pas un chien ! rétorqua-t-elle, offusquée.

— Les riches ont des standards spécifiques. Crois-moi, tu n'as rien à craindre de mes parents. Cela fait des années qu'ils s'inquiètent de ne pas me voir fonder une famille. Ils t'accueilleraient à bras ouverts, même si tu faisais partie de la Mafia.

— Charmant, railla-t-elle. Est-ce que c'est pour cela que tu n'as pas eu de relation sérieuse après Sophia ? Pour les punir de s'être retournés contre toi ?

Il fronça les sourcils, perplexe. Avait-il voulu les punir ? Avait-il voulu leur faire regretter d'avoir trahi sa confiance et refusé de le comprendre ? Avant leur querelle, il avait toujours considéré que leur amour était inconditionnel. Les cris de son père, la colère froide de sa mère lui avaient prouvé le contraire.

Il n'en savait rien ; mais, lorsque la villa de ses parents apparut à l'horizon, il était étonnamment paisible. Pour la première fois depuis quatre ans, il allait à leur rencontre sans rancœur.

13.

En avançant vers la grande porte de la villa, Orla peina à chasser la terreur qui lui obstruait la gorge. Même s'ils acceptaient sans broncher qu'elle soit l'un des moteurs de la rupture entre Tonino et Sophia, les Valente restaient un couple puissant. Qu'allaient-ils donc penser d'une petite campagnarde comme elle ?

Mais sa peur s'évapora lorsque Angelica et Paolo Valente l'enlacèrent avec chaleur et firent pleuvoir des baisers de bienvenue sur ses joues. Comprendre le sicilien n'était pas nécessaire : leur langage corporel était plus accueillant que le plus sympathique des discours. Tonino lui présenta ensuite son frère et sa belle-sœur, qui parlaient tous les deux anglais et l'étreignirent avec la même vigueur.

Une onde de choc secoua sa mémoire lorsqu'elle se tourna vers l'invitée d'honneur. Giulia Valente. Elle la reconnut instantanément : la jeune femme, à peine un mois après son accouchement, était aussi belle et lumineuse que sur la photo qui l'avait tant bouleversée quatre ans plus tôt, lorsqu'elle avait cherché des nouvelles de Tonino sur Internet. Finn avait donné son premier coup de pied. Que s'était-il passé ce jour-là ? Il lui manquait une pièce du puzzle, mais le souvenir restait inaccessible, ballotté par sa mémoire brisée.

Elle accepta un verre de limonade venue tout droit du verger d'agrumes des Valente et se sentit sourire. La famille de Tonino était merveilleusement unie. Angelica et Paolo organisaient toujours des fêtes pour célébrer les naissances – une célébration qui aurait également lieu en l'honneur de Finn, lui promirent-ils – et invitaient toute leur famille, proche et lointaine. Les tantes, les oncles, les grands-parents et tous les cousins de Tonino étaient réunis. Les voir si proches et si complices l'emplit un instant de mélancolie. Elle aussi avait une famille nombreuse, mais aucun des siens n'avait gardé contact. Ils n'étaient pas venus lui rendre visite à l'hôpital, et n'avaient pas proposé d'aider Aislin lorsqu'elle avait commencé à s'occuper de Finn. Cette meute sicilienne, au contraire, devait envahir la clinique à cor et à cri quand l'un d'entre eux était malade.

Angelica la prit par la main et lui fit visiter la villa en souriant. Leur maison était à couper le souffle : aussi belle et grande que le manoir de Tonino, mais plus chaleureuse. Si elle acceptait d'emménager avec lui, elle devrait lui parler de ses choix de décoration.

Si... ?

Qui voulait-elle encore convaincre ? Tandis que les heures s'égrenaient, son indécision s'évanouissait aussi sûrement que sa terreur. Ses angoisses n'avaient pas d'importance. Finn serait heureux en Sicile. Tous ces gens l'accueillaient déjà à bras ouverts ! Les Valente étaient sa famille et ne l'abandonneraient jamais. Ils le soutiendraient coûte que coûte. Si elle emménageait avec Tonino, ils vivraient aussi près d'Aislin et de Dante. Elle ne serait plus seule.

Après la visite, elle s'assit avec Angelica sur un banc de pierre, dans le jardin ombragé. Tonino avait convenu de les rejoindre avec Finn une fois qu'il lui aurait montré ses pièces préférées. Angelica ne parlait pas sa langue et resta silencieuse ; et pourtant son expression était bienveillante, son sourire, protecteur. Elle avait une élégance innée, et son visage sensible rayonnait d'intelligence.

Un cri venu de la villa leur fit brusquement lever la tête, et ils bondirent. Un instant plus tard, une des nièces de Tonino apparut, venue d'entre les arbres, et attrapa la main d'Orla pour la tirer en avant. Elle n'avait pas besoin de parler sicilien pour comprendre que la petite fille la suppliait de la suivre. La détresse était évidente sur son visage.

Intuition maternelle ou sixième sens, elle devina immédiatement la source du tumulte. La main crispée dans celle de la fillette, elle courut vers la villa et s'engouffra dans le hall.

Tonino était agenouillé dans le salon, entouré de ses neveux et nièces. Devant lui, Finn était couché sur le sol, son petit corps agité de convulsions.

— Reculez tous, s'exclama-t-elle.

Mais, bien sûr, ils ne la comprenaient pas. Tonino, visiblement bouleversé, cligna des yeux avant de relayer son ordre d'un ton sans appel. Le cercle se morcela et les enfants quittèrent la pièce en courant. Tonino était resté tout près d'elle.

— Toi aussi, recule, exigea-t-elle.

Il s'assombrit, mais elle n'avait pas le temps de prendre des pincettes. Ses réflexes face à ce genre de situation étaient devenus automatiques depuis longtemps. Il lui obéit promptement, le visage livide. Elle tomba à genoux et tourna Finn sur le flanc avant de placer sa main sur sa tête. Ses bras tressautaient, ses jambes s'agitaient mécaniquement, mais c'étaient toujours ses yeux qui la terrifiaient. Écarquillés, ils restaient fixés dans le vide ; il était incapable de la voir.

Tonino ne s'était jamais senti aussi inutile ni aussi effrayé. Son cœur s'était logé dans sa gorge lorsqu'il avait vu son fils glisser sur le sol où il était assis pour jouer avec ses cousins. De terribles spasmes secouaient son corps fragile. Il n'avait jamais vu des convulsions d'une telle violence, en réalité, sauf dans les vidéos qu'il avait regardées pour en savoir plus sur la condition de Finn, quelques semaines plus tôt. Et les bruits que son pauvre petit garçon avait émis… Les bruits allaient le hanter. Dieu merci, Orla était là.

Elle s'était simplement assise près de lui et lui caressait les cheveux en murmurant, mais la magie opéra. Tonino ne savait pas si Finn entendait la voix de sa mère, ou voyait son visage, mais il était certain qu'il sentait sa présence. Les convulsions s'apaisèrent lentement. Quand Finn leva enfin ses yeux bruns, il fixa son regard sur Orla. Il était de toute évidence terrifié, mais la proximité de sa maman sembla le réconforter immédiatement.

Maintenant que le calme régnait à nouveau dans le salon, Tonino ferma brièvement les yeux. Orla avait dû faire face à ce genre de crises de nombreuses fois, et elle avait réagi avec efficacité. Mais elle l'avait aussi repoussé, lui. Elle ne le pensait pas capable de gérer la situation correctement et de protéger leur fils.

Il fallait voir la vérité en face. Orla ne lui ferait jamais confiance.

Orla ramena la couverture sous le menton de Finn et l'embrassa sur le front. Il dormait déjà. Tonino, silencieux, attendait son tour pour souhaiter bonne nuit à leur fils. Elle le croisa et patienta dans le couloir. Lorsqu'il ferma la porte derrière lui, ses yeux étaient cernés d'épuisement.

— J'ai besoin d'un verre.

— Je ne dis pas non.

Elle le suivit sur la terrasse, où un bar extérieur jouxtait la piscine. Elle se laissa tomber dans un des sofas, protégés par un élégant porte-à-faux, et poussa un soupir de soulagement. Elle posa son téléphone sur l'accoudoir ; elle préférait que l'infirmière puisse la joindre facilement.

Tonino lui tendit un verre de cristal dans lequel dansait un liquide ambré. Elle le prit en murmurant un remerciement, puis avala une gorgée avec précaution. La brûlure de l'alcool glissa le long de sa trachée.

— C'est la chose la plus terrifiante que j'aie jamais vue.

Il s'assit en face d'elle dans un des fauteuils, la main crispée autour de son verre. Elle sourit tristement puis ramena ses jambes sous elle.

— Oui…

— Tu n'as pas voulu me laisser t'aider.

— Pardon ?

Il inspira profondément.

— Dès que tu es arrivée, tu as pris le contrôle de la situation et tu as repoussé tout le monde. Moi y compris.

— Mais non, voyons, rétorqua-t-elle, perplexe.

Il avala une grande gorgée et s'essuya les lèvres du pouce, le visage tendu par la colère. Elle reprit la parole :

— Si je t'ai blessé, j'en suis désolée. Quand Finn a des crises, je réagis au quart de tour.

L'expression de Tonino s'adoucit légèrement. Il passa une main nerveuse dans ses cheveux.

— Est-ce qu'on… s'habitue ?

Elle secoua la tête.

— Non. On apprend comment réagir au mieux, mais on ne s'habitue pas. Ses crises sont rares, maintenant qu'il a son nouveau traitement. Mais, la première fois qu'il s'est mis à convulser devant moi, j'ai frôlé l'hystérie. Je ne savais pas du tout quoi faire.

— Devant toi ?

— L'épilepsie a commencé quand j'étais encore en rééducation. C'est Aislin qui s'occupait de Finn, à cette époque. Elle se chargeait de tout, jusqu'à ce que je sois remise sur pied. Elle a géré ses premières crises.

Ses yeux sombres s'attardèrent sur elle, pensifs. Elle attendit qu'il lui réponde, mais il resta silencieux. La chaleur de l'alcool l'avait apaisée, néanmoins, et elle lui sourit.

— J'ai réfléchi à ta suggestion, tu sais.

Il haussa un sourcil.

— Et je pense que tu as raison. C'est une bonne idée, que Finn et moi emménagions avec toi. Il sera plus heureux ici.

Il continuait de la fixer, le visage impassible. Son regard inexpressif fit courir un frisson d'anxiété sur son échine.

— Nous serions heureux d'habiter avec toi… Si ta proposition tient toujours.

Il termina son verre avant de répondre.

— As-tu l'intention de m'épouser ?

— Tu connais déjà ma réponse.

— Tu refuses toujours ma demande en mariage, alors.

— Tonino, ce n'est pas personnel. Je ne veux pas que nous nous mariions, c'est tout.

— Dans ce cas, je décline *ton* offre.

Elle se redressa, interloquée.

— Pardon ?

— J'ai réfléchi, moi aussi. Et j'ai décidé que je n'accepterais que le mariage.

— Quoi ? Mais pourquoi ?

— Parce que c'est la seule façon de m'assurer que tu veux réellement t'engager avec moi. Avec nous.

— Et vivre avec toi ne veut pas dire la même chose ?

Il secoua la tête avec véhémence.

— Non, *dolcezza*. Un engagement éphémère n'a aucune valeur à mes yeux.

— Tu ne me fais toujours pas confiance ?

Il éclata d'un rire vibrant d'amertume.

— Malheureusement, c'est le contraire. Je te fais confiance. Je te connais assez pour savoir que tu avais l'intention de me parler de Finn. Je sais que les raisons pour lesquelles tu m'as caché ta grossesse étaient valables. Je ne t'excuse pas, mais je les comprends.

— Alors pourquoi ?

Il prit le temps de se resservir un verre.

— Tu fais toujours ce que tu penses être le mieux pour Finn. C'est ta priorité.

— Et c'est normal !

— Bien sûr. Mais pas au point de t'engager auprès d'un homme que tu n'aimes pas, et en qui tu n'as pas confiance. Si tu m'aimais, tu m'épouserais, Orla. Mais, comme ce n'est pas le cas, tu me proposes un compromis, sur lequel tu pourras revenir quand tu en auras assez.

— Je ne ferais jamais une chose pareille !

— Vraiment ? Et pourtant tu ne nies pas que tu ne m'aimes pas.

— Ce n'est pas comme si *tu* m'aimais.

— Tu crois ?

Elle cligna des yeux, bouche bée.

— Je…

Il soutint son regard avant de secouer la tête, agacé.

— La semaine dernière, sur la plage, tu m'as accusé de t'avoir traitée comme une simple distraction, il y a quatre ans. Mais sois honnête, Orla. C'était moi, ta distraction.

Elle se leva d'un bond, indignée.

— C'est faux !

— Alors pourquoi ne m'as-tu pas laissé me défendre ? Pourquoi as-tu accepté les mensonges de Sophia sans m'accorder le bénéfice du doute ? Tu ne me l'as jamais expliqué.

Elle ouvrit la bouche, mais les mots moururent sur sa langue. Pourquoi ? Pourquoi ne l'avait-elle pas attendu ? Pourquoi ne lui avait-elle pas parlé ?

— Pourquoi t'es-tu enfuie ? continua-t-il sans pitié. Pourquoi as-tu bloqué mon numéro ? Si j'avais compté à tes yeux, tu m'aurais laissé une chance.

— Je suis partie parce que j'étais bouleversée !

Il la fixait sans ciller, le regard sombre, la mâchoire crispée. Il la défiait de continuer, de combler le silence.

— Le… Le jour où tu es parti en Toscane, je suis allée voir mon père. Il était de retour en Sicile et je voulais désespérément le rencontrer.

Des larmes brûlantes lui montèrent aux yeux, et elle les ravala avec peine. Non, non, elle ne pouvait pas éclater en sanglots maintenant. Mais le souvenir explosa dans son esprit avec virulence, si intense qu'elle aurait aimé le repousser dans les limbes de l'oubli.

— Il a refusé de me voir. Il n'avait pas l'intention de rencontrer sa fille illégitime. Et, quand je suis rentrée à l'hôtel, Sophia m'attendait, avec des preuves que l'homme avec qui j'avais une liaison était fiancé à une autre femme, et je… J'en étais malade. J'avais horriblement honte.

Le visage de Tonino resta imperturbable.

— Même si elle avait dit la vérité, tu n'étais pas fautive.

— Peut-être, mais je me suis tout de même sentie coupable. En l'espace de deux heures, j'ai été rejetée par mon propre père, et j'ai appris que l'homme dont j'étais en train de tomber amoureuse était un menteur. Je voulais partir. Je voulais quitter la Sicile et ne plus jamais revoir les deux hommes qui m'avaient fait du mal.

— Donc, comme ton père était un lâche volage, tu as soudain décidé de me mettre dans le même panier ? Pratique. Tu as préféré t'enfuir plutôt que de m'écouter, et, quand tu as découvert que tu étais enceinte et que j'étais riche, tu as trouvé des excuses pour garder tes distances. Tu ne fais confiance à personne, Orla.

— Je te fais confiance, à t…

— N'essaie pas de me mentir, siffla-t-il avec tant de révolte qu'elle amorça un mouvement de recul. La seule personne en qui tu as confiance, c'est ta sœur. Dans le cas contraire, tu ne te donnerais pas autant de mal pour te cacher de moi. Tu me donnes ton corps tous les soirs, tu dors dans mes bras, mais tu continues de croire que je suis un imbécile misogyne qui prendrait ses jambes à son cou en voyant une imperfection sur la peau d'une femme.

— Ce n'est pas ce que je pense.

— Alors explique-moi. Explique-moi pourquoi je ne suis pas assez bien pour avoir le droit de te regarder.

— Cela n'a rien à voir, dit-elle en luttant contre les larmes. Mes cicatrices vont t'inspirer du dégoût, Tonino.

— Ton opinion de moi est pire que je ne le pensais.

— Non, tu ne comprends pas ! Mes cicatrices…

Elle pressa ses mains sur son front brûlant en essayant de verbaliser la myriade d'émotions qui l'assaillaient.

— Je me souviens de la femme que j'étais, et quand je me vois dans le miroir… Quand je vois ce que je suis devenue, je vois aussi tout ce que j'ai perdu et tout ce que Finn a perdu. Aujourd'hui… C'était une petite crise, par rapport à celles qu'il avait quand il était bébé. Il a souffert tous les jours de sa vie et il n'aura jamais une enfance normale. Je me suis réveillée à l'hôpital, incapable de bouger et de communiquer. Je ne savais pas si l'enfant que je portais était encore vivant. Je n'ai pas pu le serrer dans mes bras avant une année entière, et même à ce moment-là Aislin devait m'aider parce que j'étais trop faible pour le porter toute seule. J'ai pleuré de souffrance chaque jour pendant des mois, j'ai repoussé toutes mes limites pour pouvoir rentrer chez moi et m'occuper de mon fils, et, tout ce qu'il me reste de ces sacrifices, ce sont des cicatrices qui défigurent mon corps. Je n'ai plus mal, mais les souffrances de Finn ne cesseront jamais. Je regarde mes cicatrices, et elles me brisent le cœur.

Elles me rappellent toutes les difficultés que notre enfant va rencontrer pour le restant de ses jours. Et tu penses que je veux les exhiber pour toi ?

Un muscle pulsait dans la mâchoire tendue de Tonino.

— Non, *dolcezza*. Je ne veux pas que tu les exhibes. Je voudrais que tu les partages avec moi, parce que je suis le père de ton enfant, et parce que je me sens terriblement coupable que mon aventure avec une belle Irlandaise se soit soldée par des conséquences aussi tragiques.

Elle se sentait exténuée, soudain. Toute son énergie semblait l'avoir abandonnée. Elle posa son verre sur le sol et prit son visage dans ses mains.

— Tu n'as aucune raison de te sentir coupable. Depuis que tu connais l'existence de Finn, tu as fait tout ce qui était en ton pouvoir pour l'aider.

— J'ai raté trois ans de sa vie. Je ne pourrai jamais les rattraper.

— Je suis désolée.

— Ne t'excuse pas, Orla. Nous nous sentons tous les deux coupables, mais cela ne résout rien. Tu as toujours fait passer Finn avant tout. C'est à moi de prendre cette responsabilité, désormais. Je veux faire partie de sa vie de façon permanente, mais je vois bien que c'est impossible.

— Qu'est-ce que tu veux dire ?

— Tu devrais rentrer en Irlande avec lui. C'est son foyer. On y parle sa langue. C'est là-bas qu'il se sent bien.

— Mais…

— Je viendrai le voir régulièrement. Je l'inviterai à venir ici pour les vacances.

— Tu voulais que nous partagions sa garde…

— La garde partagée ne conviendrait pas à Finn. Il a besoin de stabilité. Et c'est toi, sa stabilité.

Tonino ferma un instant les paupières, submergé par les images de l'après-midi. La façon dont Finn avait trouvé refuge dans le regard aimant de sa maman lorsqu'il avait repris conscience. L'amour qu'il avait lu dans ses yeux. Le monde de son fils tournait autour d'Orla. Il devait l'accepter.

— Tu peux rester quelques jours, le temps qu'il se remette de sa crise. Je peux aller dans un de mes appartements.

— Je ne comprends pas…

Une douleur intolérable lui comprimait la poitrine. Il se redressa, attrapa la bouteille et avança vers le bar.

— Tonino… Tu veux dire que c'est fini entre nous ?

Il rit doucement.

— *Dio*, tu aurais presque l'air triste.

Quatre ans plus tôt, Orla était tombée sous son charme sans savoir qu'il était riche. Elle l'avait vu en tant que personne. Plus que quiconque, elle avait touché son cœur, et elle avait retourné ses sentiments… mais seulement jusqu'à un certain point. Le doute le plus infime l'avait poussée à s'enfuir, parce qu'elle était lâche. Et aujourd'hui, alors qu'elle connaissait parfaitement son identité et sa situation, alors qu'elle le connaissait parfaitement, lui, elle avait décidé qu'il n'était pas à la hauteur. Elle ne l'aimait pas. Elle ne lui ferait jamais confiance. Et, sans confiance, l'amour était impossible.

— C'est ce que tu veux, n'est-ce pas ? insista-t-elle. Tu veux tout arrêter parce que je ne veux pas t'épouser ? Et tu te disais que j'étais vieux jeu ?

Sa tentative de plaisanterie le fit frémir d'indignation.

— Arrête de te cacher derrière ton humour, Orla. J'ai fait mon possible pour satisfaire tous tes besoins.

— Les besoins de Finn, murmura-t-elle.

Elle était pâle comme un linge.

— Et les tiens !

Il jura entre ses dents et se servit un autre verre.

— Tout ce que j'ai fait, je l'ai fait en pensant à toi aussi, même si tu t'imagines le contraire. Pour chaque pas en avant, tu fais trois pas en arrière. Tu ne veux pas me croire, tu ne veux pas me laisser prendre soin de toi, de ton cœur, de ton corps, ou de la santé de notre fils.

— Ce n'est pas juste, et c'est faux…

De colère, il fit claquer son verre sur le bar.

— Pour l'amour du ciel, arrête de mentir !

L'alcool ambré avait débordé sur le bar et sur sa main.

Dans la sensation de sa propre maladresse, une nouvelle clarté aiguisa son esprit tumultueux. Il inspira profondément.

— Arrête de te mentir, Orla.

Lui aussi s'était longtemps bercé d'illusions, mais aujourd'hui la vérité qu'il avait voulu ignorer était aussi claire que du cristal : il n'avait jamais oublié Orla.

Peut-être était-il tombé amoureux d'elle, cet été-là. Bien sûr, il avait repris sa vie, il avait tenté d'enterrer son souvenir, mais il ne s'était jamais remis de son départ. Elle avait hanté ses rêves. Ce n'était pas pour punir ses parents qu'il n'avait jamais fondé de famille. Il n'y avait simplement jamais eu de place dans son cœur pour quelqu'un d'autre qu'Orla. Il avait sans doute acheté Bally House dans l'espoir inconscient de partager quelque chose avec elle, de retrouver un peu d'elle dans le pays qu'elle aimait tant.

Et s'il continuait à vivre avec elle, consumé par cet amour à sens unique, il deviendrait fou. Il en était certain. Toutes ces années à attendre sans se l'avouer qu'elle lui revienne… Il avait enfin goûté à la vie qu'il avait tant voulue, une famille avec la femme de sa vie et l'enfant qu'il aimait de tout son cœur. Mais ce n'était pas suffisant. Pas pour elle.

Il ne pouvait que briser les liens qu'ils avaient forgés ensemble. Il était temps de lui dire au revoir.

14.

Orla inspecta Finn des pieds à la tête, à l'affût du moindre faux pli sur son adorable costume miniature, puis le récompensa d'un immense sourire.

— Jeune homme, tu es superbe. Absolument délicieux.

Il lâcha un petit gloussement.

— Tellement délicieux que, si ton papa n'était pas en route pour t'emmener au mariage, je serais obligée de te dévorer !

— Dis à ta maman de m'en laisser un peu, s'écria Aislin.

— Si je partage Finn, je ne partagerai pas la barre de chocolat XXL que Dante m'a achetée, rétorqua Orla en lui tirant la langue.

Mais son rire s'évanouit lorsque le tintement de la sonnette retentit. Un frisson de panique fila dans ses veines.

Tonino était arrivé pour prendre Finn. Une des cousines Valente allait se marier dans son hôtel de Toscane. Finn, Tonino et deux infirmières prendraient le jet privé de celui-ci pour aller à la cérémonie, et passeraient la nuit sur place. Ils avaient prévu de rentrer le lendemain pour midi.

Depuis qu'ils avaient décidé, non, qu'*il* avait décidé de mettre fin à leur relation, le mois dernier, la vie d'Orla avait sensiblement évolué. À Dublin, elle avait mis sa maison en vente. Puis elle avait emménagé avec Aislin et Dante. Tonino lui avait apporté un enseignement précieux : elle ne pouvait pas tout faire toute seule. Quand Aislin était partie en Sicile, Orla était persuadée qu'elle s'en sortirait sans autre aide que l'équipe médicale, mais elle avait tort.

Elle avait souffert de la solitude.

Elle s'était prouvé qu'elle pouvait s'en sortir, oui, mais ce n'était pas suffisant.

Tonino lui avait redonné goût à la vie. Avec lui, elle s'était remise à rire et à exister. Elle était femme, pas seulement mère. Et, même si elle appréciait son sacrifice, elle ne pouvait se résoudre à le séparer de son fils ; lui et Finn méritaient d'être ensemble. Maintenant qu'elle s'était installée en Sicile, ils pouvaient passer du temps ensemble. Les Valente lui rendaient visite aussi souvent qu'ils le souhaitaient. Heureusement, Dante et la plupart de ses domestiques parlaient couramment anglais et faisaient office de traducteurs si nécessaire.

Bien sûr, elle ne resterait pas chez Dante et Aislin très longtemps. Dante avait convaincu un de ses voisins de leur vendre sa maison pour une somme astronomique.

Elle se tourna vers sa sœur en espérant qu'elle accepterait encore une fois de recevoir Tonino, comme elle l'avait toujours fait ces dernières semaines. Mais Aislin s'était tranquillement installée sur le canapé et avait ouvert un magazine sur son ventre arrondi. Elle avait maintes fois martelé à Orla qu'il était grand temps qu'elle affronte Tonino seule à seul. De toute évidence, le moment était venu.

Et elle en était capable. Il suffisait d'ouvrir la porte et d'aller à sa rencontre. Tonino avait les choses en main, maintenant. Son fils était en sécurité avec lui. Elle n'avait aucune raison de s'inquiéter.

— Allez, viens, Finn !

Elle força un sourire, mais il mourut sur ses lèvres lorsqu'elle leva les yeux vers le beau visage impassible de Tonino. Son cœur s'emballa.

Il était posté devant la porte, vêtu d'un costume identique à celui de Finn, et l'odeur fraîche du savon et de l'eau de Cologne lui parvint, envoûtante. Il hocha brièvement la tête mais évita son regard.

— Tout va bien ?

— Tout va bien.

— *Bene*. À demain, dans ce cas.

Elle se pencha pour embrasser Finn sur la joue, puis

s'écarta en laissant Tonino prendre les poignées du fauteuil. Elle ne put s'empêcher de humer son parfum au passage ; le murmure d'un souvenir caressa son esprit…

Les genoux flageolants, elle s'adossa contre le mur. Les images résonnèrent en elle avec la violence d'un coup de feu.

Elle se *souvenait*.

Elle se souvenait d'avoir fait l'amour avec Tonino. Elle se souvenait de la première fois, si merveilleuse, si tendre. Elle se souvenait de l'abandon, du plaisir, du désir. Le sentiment de leur osmose, de leur perfection. Une affinité si sublime qu'elle ne pouvait être condamnable.

À quelques mètres, la voiture démarra. Les yeux brûlants, elle les regarda s'éloigner jusqu'à ce qu'ils disparaissent. Un autre souvenir montait en elle.

La dernière pièce du puzzle.

Son cœur battait à tout rompre, et elle mordit son poing serré pour ne pas crier de souffrance. Pendant sa grossesse, elle avait passé son temps à chercher des informations sur Tonino. Passé des heures, des mois sur Internet, à attendre que surviennent les inévitables images de sa nouvelle amante. Le jour fatidique, quand elle avait compris que la femme de la photo n'était que la sœur de Tonino, Finn lui avait donné un coup salvateur. Douloureux, peut-être. Mais assez violent pour qu'elle reprenne enfin ses esprits.

Elle avait soudain compris qu'elle aimait Tonino.

Elle se laissa glisser contre le mur et ramena ses genoux contre sa poitrine, submergée par la vérité contre laquelle elle avait tant lutté. Au fond, elle s'était toujours défiée de cette réalité trop idyllique. Elle avait attendu que Tonino fasse tomber le masque. Il était trop beau, trop sexy, trop chevaleresque pour être vrai, n'est-ce pas ? Elle l'avait mis sur un piédestal, persuadée qu'il trébucherait bien vite. Sophia s'était chargée de la faire déchanter : elle avait empoisonné son image, brisé le fantasme. Mais, malgré la souffrance, cette confrontation l'avait… soulagée.

Bien sûr, elle avait bien fait de se méfier ! Un homme comme Tonino n'aurait jamais pu l'aimer. Son père n'avait pas voulu d'elle, sa mère l'avait abandonnée… Comment

Tonino pouvait-il la désirer, elle, alors qu'il pouvait avoir n'importe quelle autre femme ? Le doute la tourmentait avant même qu'elle ne sache qu'il était riche comme Crésus.

Et pourtant… Pourtant… Il la désirait, elle ! Il lui avait caché son identité, mais il n'avait pas pu dissimuler ses sentiments pour elle ; il n'avait pas simulé sa passion. À cet instant, devant cette photo qui l'avait torturée, elle avait compris qu'elle devait se libérer de ses peurs. Qu'elle devait le rejoindre. Elle avait besoin de le voir, de le toucher, de lui parler de cet enfant qu'ils avaient conçu ensemble. Elle voulait écouter sa version des faits, comme elle aurait dû le faire des mois plus tôt. Lui dire qu'elle l'aimait. Peut-être… Peut-être pourraient-ils construire un futur ensemble.

Elle avait été si paniquée, si fiévreuse qu'elle avait réservé un billet d'avion sans attendre, attrapé son passeport et sauté dans sa voiture sans se préoccuper des intempéries.

Oh ! Elle avait été en route pour rejoindre Tonino.

Au bout de quelques kilomètres, elle se souvenait d'avoir avancé au pas, avec l'intention de se garer sur le bas-côté lorsque la visibilité le lui permettrait. Et puis… le néant.

L'accident l'avait empêchée de rejoindre l'homme de sa vie. Quatre ans plus tôt, elle n'avait pas eu le temps de lui dire qu'elle l'aimait. Et, maintenant qu'elle en avait enfin le pouvoir, elle avait refusé de s'avouer la vérité, de se dévoiler à lui. Elle avait brisé ses chances une deuxième fois. Une dernière fois.

Non ! Non, non, non.

Qu'avait-il dit, un mois plus tôt, pendant cette dernière soirée passée ensemble, avant que tout ne s'écroule ? Il avait parlé d'amour et de confiance. N'avait-il pas laissé entendre qu'il l'aimait aussi ? Était-ce… possible ?

— Tu vas rester assise comme ça toute la journée ?

Avec un sursaut, elle leva les yeux vers Aislin, qui s'était adossée contre le chambranle du salon. Aislin aussi avait eu peur de tomber amoureuse. Ses angoisses l'avaient freinée. Leur mère avait laissé des traces sur leur psyché. Mais sa mère n'était pas en faute, cette fois-ci. Orla avait été trop lâche pour accepter la vie que Tonino avait voulu lui offrir.

— Aislin…, murmura-t-elle.

— Oui ?

— Je crois que je l'aime.

Puis, en haussant la voix, elle répéta avec conviction :

— J'aime Tonino.

Sa sœur baissa le regard vers elle, pensive, puis la rejoignit pour lui tendre la main.

— Eh bien, tu en as mis, du temps.

— Quoi ? Tu le savais ?

— Bien sûr, *eejit*, lança-t-elle en riant avant de la tirer vers l'avant pour l'enlacer. Maintenant, tu sais ce qu'il te reste à faire.

Les rudiments d'un plan se formaient dans son esprit.

— Oui. Tu crois que Dante accepterait de me prêter son jet cet après-midi ?

— Envie d'aller faire un tour en Toscane, peut-être ? Tu as l'intention de t'inviter au mariage ?

— Quelque chose comme cela, oui.

— Je peux peut-être t'aider à te faire belle ?

— Très, très bonne idée.

Tonino déposa un baiser sur le front de son fils. Finn s'était déjà endormi. Il avait passé une journée riche en émotions ; les jeux et les danses avec les autres enfants l'avaient épuisé. Après l'avoir laissé à l'infirmière de service, Tonino se glissa dans le salon adjacent et se versa un verre de whisky. Il avait besoin de boire de l'alcool avant de rejoindre sa famille dans la salle de réception. Il était tenté de rester dans sa suite et de noyer sa mélancolie au fond de la bouteille.

Il avait fait de son mieux, ce mois-ci. Il avait travaillé d'arrache-pied. Peut-être avait-il bu un peu plus de vin que d'habitude, mais il fallait bien trouver le sommeil, n'est-ce pas ?

Et, ce matin, c'était Orla qui lui avait ouvert la porte. Il n'était pas prêt à l'affronter. Jusque-là, elle s'était cachée derrière Aislin, et cela lui avait parfaitement convenu. Ils avaient échangé une dizaine de messages polis et distants, mais ne s'étaient pas vus. Ne s'étaient pas parlé.

Croiser son regard lui avait fait l'effet d'un coup de poing.

Avait-il imaginé la souffrance qu'il avait cru lire dans ses grands yeux verts ? Ou se berçait-il d'illusions, désespérant de lui manquer autant qu'elle lui manquait ?

Dieu, comme son absence lui était intolérable. Bien plus que quatre ans plus tôt. Et voilà qu'elle avait déménagé en Sicile ! Si proche et pourtant inaccessible. C'était une véritable torture. Elle était ici, dans son pays, mais pas pour lui. Il aurait aimé la haïr. Il aurait aimé que tout l'amour qu'il avait pour elle se consume, que la rancœur le submerge et le délivre. Mais c'était peine perdue.

Finn était tout ce qui comptait pour lui, désormais. Sans Finn, il n'aurait pas pris la peine de venir à ce mariage. Il n'aurait pas supporté de voir Sophia, invitée par la famille du marié, ou pu ignorer ses regards noirs pendant la cérémonie.

Son père s'en était aperçu. Il s'était penché à son oreille lorsqu'ils étaient à table, et lui avait murmuré :

— Finalement, tu l'as échappé belle, fiston.

S'il en avait eu l'énergie, il aurait éclaté de rire. Au lieu de cela, il avait embrassé son père sur la joue et lui avait soufflé qu'il l'aimait. Puis il avait fait de même avec sa mère. Le fossé qui les avait si longtemps séparés n'avait plus lieu d'être. Sa fierté blessée l'avait aveuglé trop longtemps.

Leur dispute avait été motivée par une colère éphémère, et il avait eu tort de l'interpréter comme un manque d'amour.

Aujourd'hui, la douleur d'avoir perdu Orla, pour la seconde fois, était bien réelle. Il ne surmonterait pas cette agonie-là.

Orla était trop nerveuse pour admirer le magnifique monastère converti en palace dont elle gravissait les marches. Elle ravala un élan de frustration lorsque les vigiles lui demandèrent de prouver son identité – bien sûr, c'était le mariage de deux familles riches et célèbres, la sécurité devait faire son travail. Elle leur montra son passeport en expliquant qu'elle était la mère du fils de Tonino Valente.

Le plus grand des gardes éclata de rire.

— Je ne plaisante pas. S'il vous plaît, laissez-moi entrer.

Elle avait été naïve de penser que prendre l'avion pour la Toscane et déclarer son amour à Tonino ne prendrait que deux ou trois heures. Aislin avait voulu la coiffer, la maquiller, et trouver la robe parfaite pour la cérémonie. Après cela, elle avait dû attendre qu'un créneau se libère pour son vol. À l'arrivée, il était convenu qu'elle prendrait un hélicoptère jusqu'au palace, mais l'engin s'était montré capricieux et le pilote avait refusé de décoller. Elle avait attendu un taxi. Elle se serait satisfaite de n'importe quelle guimbarde, mais le pilote, qui s'était porté volontaire pour réserver le véhicule, avait insisté pour qu'elle attende une voiture avec chauffeur. Orla avait fini par perdre patience, et, au bout d'une heure, elle avait commandé un taxi elle-même, malgré la barrière de la langue. Malheureusement, arriver dans un véhicule aussi ordinaire n'avait pas fait bonne impression à la sécurité de l'hôtel : ils la regardaient avec une méfiance non dissimulée.

Et elle n'avait pas d'invitation.

Elle jeta un coup d'œil furtif à la bâtisse, mais des gardes surveillaient chaque entrée. Son cœur se serra.

— Appelez-le, insista-t-elle face à la réticence du vigile. S'il vous plaît, appelez M. Valente. Il me laissera entrer.

Un autre rire lui répondit, plus cristallin. Sa salvation apparut sous les traits de Sophia.

La magnifique Sicilienne émergea des jardins et monta les marches de pierre, les yeux plissés, une cigarette à la main. Elle échangea quelques mots assassins avec les gardes, puis attrapa le coude d'Orla pour l'entraîner à sa suite, non sans jeter une dernière insulte à l'agent. Le hall était presque vide ; deux adolescents avaient fui leurs parents et se bécotaient allègrement sur un canapé de cuir.

Sophia lâcha enfin son bras. Elle recula d'un pas avant de la dévisager d'un œil critique.

— Tu es… *bene*.

Un compliment ? Elle s'était attendue à un coup de griffe.

— Merci… Et merci de m'avoir fait entrer.

— Peu importe. Je crois qu'il est trop tard pour voir ton fils. Tonino l'a déjà emmené au lit.

Orla hocha la tête. Il lui faudrait juste demander le numéro de sa suite. Ou, si elle se sentait vraiment courageuse, elle pourrait peut-être même faire appeler Tonino.

— C'est un très beau garçon.

— Pardon ?

— Ton fils.

— Oh.

Elle attendit qu'une insulte vienne empoisonner le compliment, mais Sophia resta silencieuse.

— Merci, répéta-t-elle, surprise.

Sophia fit un pas en avant. Orla retint son souffle, prête à esquiver l'offensive, mais le visage de la Sicilienne s'adoucit. Elle amorça un geste qu'Orla n'aurait jamais attendu d'elle. Elle passa ses bras autour de ses épaules et l'étreignit.

— Je suis désolée, murmura-t-elle à son oreille, tout en prenant garde à ne pas malmener sa coiffure sophistiquée.

Elle la délivra presque aussitôt, serra ses mains dans les siennes avec un sourire navré, puis tourna les talons et ondula élégamment jusqu'à la salle de bal.

Tonino avala une autre gorgée de whisky. Ses bonnes intentions s'étaient évanouies : il avait passé une heure à savourer sa solitude plutôt que de rejoindre les festivités.

Un mariage ! C'était la dernière chose qu'il avait envie de célébrer. Il ne se sentait pas capable de se réjouir pour les jeunes mariés alors qu'il avait le cœur à vif.

Que faisait Orla, à cet instant ? S'amusait-elle avec sa sœur ? Peut-être regardaient-elles un film en partageant du pop-corn. Ou était-elle déjà couchée ? Avait-elle souffert d'une de ces migraines qui la torturaient si souvent ? S'il buvait assez de whisky, est-ce que la même douleur lui déchirerait le crâne ? Parviendrait-il à s'endormir ?

Il s'interrogeait sur les mérites d'ouvrir une autre bouteille – Finn dormait depuis longtemps, et l'infirmière était là pour le surveiller – lorsqu'un coup retentit à la porte.

Il se frotta la nuque avec un soupir. On frappa de nouveau. Sa mère était sans doute montée pour faire un dernier câlin à son petit-fils. Il se leva à contrecœur.

Lorsque son regard tomba sur *elle*, il ne put retenir un petit rire amer. Son imagination fertile et les vapeurs de l'alcool avaient invoqué une bien cruelle hallucination. Il referma la porte au nez du beau mirage.

Il fit deux pas vers le canapé et se figea.

Ses mains tremblaient. Son cœur battait la chamade.

Il fit volte-face et rouvrit la porte à la volée. Ce n'était pas… un mirage. Elle était là, sublime dans une robe dos-nu de soie verte, ses cheveux sombres et épais cascadant sur ses épaules, les yeux écarquillés d'appréhension sous son maquillage élégant. Orla. Comme dans un rêve, Tonino s'écarta et la laissa entrer sans dire un mot.

Son parfum envoûtant flotta avec elle dans la pièce et s'insinua dans ses veines à l'instar d'un sortilège.

Ballottée entre la terreur et l'excitation, Orla n'avait jamais été aussi fébrile qu'en frappant à la porte de Tonino ; et, lorsqu'il la referma, presque immédiatement, elle marqua un temps d'arrêt, abasourdie. Elle s'efforçait de prendre son courage à deux mains lorsqu'il l'ouvrit de nouveau. Il avait l'air d'avoir vu un fantôme.

Sa peur l'abandonna aussitôt.

Le tourment et l'espoir farouche qu'elle lisait dans les yeux de Tonino effacèrent ses derniers doutes. Il l'aimait. Il l'aimait réellement. Elle sentait son amour aussi sûrement que celui de son fils.

— Orla… ?

D'un pas, elle abolit la distance qui les séparait encore, puis elle posa un doigt tendre sur sa bouche. Leurs regards se trouvèrent. Pendant une longue minute, elle resta silencieuse, plongée dans ses yeux sombres. Puis elle attrapa sa main et l'entraîna dans la chambre.

Elle attendit qu'il s'assoie sur le lit avant d'abandonner

la chaleur de sa main. Elle recula. Il ne dit pas un mot, le regard fixé sur elle, le souffle court.

Elle était montée le voir sans rien préparer ; elle ne voulait qu'être auprès de lui. Mais, instinctivement, elle savait ce qu'elle devait faire. Avec une prière silencieuse, elle alla tirer les rideaux et tamiser les lumières.

Sa robe était fermée par un bouton à la nuque. À quelques pas de Tonino, elle le défit. Le drapé glissa sur son buste avant de tomber à sa taille. Les yeux fixés sur l'homme qu'elle aimait, elle passa la main au bas de son dos pour ouvrir la fermeture. La robe cascada jusqu'à ses pieds. Au centre de la corolle émeraude, elle ne portait plus qu'une culotte noire en dentelle et ses chaussures à talons, qu'elle retira aussitôt. Elle enleva ensuite son dessous, puis abandonna les vestiges de sa tenue derrière elle pour le rejoindre. Son cœur battait si fort qu'il devait le voir palpiter, l'entendre rugir. Pour lui.

Tonino avait la gorge douloureusement nouée et le cœur embrasé. Était-il en train de rêver ? Il n'osait pas bouger, de peur que la vision ne lui échappe. Orla s'arrêta entre ses cuisses ouvertes et attrapa sa main. La douceur de sa peau était réelle. Elle plaça sa paume sur son ventre. Elle était tangible sous ses doigts. Il respirait doucement, prudemment. Le parfum enivrant d'Orla le submergea.

Il ferma les yeux et compta jusqu'à dix. Lorsqu'il les rouvrit, elle était toujours là. L'émotion qu'il lisait dans ses yeux lui transperça le cœur. Il laissa enfin son regard glisser sur son corps dénudé.

La grossesse n'avait laissé que des traces infimes sur son passage. Ses seins étaient plus lourds, ses tétons, plus foncés. Ses hanches étaient légèrement plus larges, son ventre, plus rond. C'était sur ce dernier que s'étendaient deux larges cicatrices, l'une verticale, l'autre horizontale. Il en découvrit une autre, plus fine, au bas de son abdomen. D'autres encore parcouraient sa poitrine et ses bras. Les marques qu'avaient laissées le verre et le métal lorsqu'ils avaient pénétré dans sa peau.

Elle pivota doucement pour lui montrer son dos.

Plus de cicatrices encore.

La sensation de brûlure qui lui monta aux yeux était si inattendue et si rare qu'il ne la reconnut qu'à retardement. Des larmes. Il enlaça ses hanches et pressa sa main contre son ventre, les paupières closes, et il inspira profondément contre sa peau. Elle tremblait dans ses bras.

Puis elle se retourna vers lui et prit son visage entre ses mains. Penchée vers lui, le visage tout proche, elle plongea son regard dans le sien.

— Ce que tu me fais ressentir pour toi me terrifie.

Elle frôla ses lèvres d'un baiser. Ses mains abandonnèrent ses joues et glissèrent contre sa gorge avant qu'il déboutonne sa chemise. Ses lèvres tendres mordillaient son cou lorsqu'elle trouva le bouton de son pantalon. Un frisson écarlate le transperça.

Entre deux baisers, son souffle chaud sur sa peau, sa langue tiède contre son cou, elle continua :

— Il y a quatre ans, mes sentiments pour toi m'ont fait si peur que j'ai saisi la première occasion pour m'enfuir.

Elle descendit sa braguette et abaissa son pantalon.

— Je ne faisais pas confiance à mes émotions, et je ne voulais pas croire aux tiennes.

— Orla…

Son nom n'était qu'un grognement, mais elle l'interrompit d'un baiser. Leurs bouches se mêlèrent et, la paume contre son cœur, elle le poussa doucement en arrière pour le faire tomber sur le lit. Elle écarta les pans de sa chemise en faisant courir ses mains sur son torse, puis s'assit à califourchon sur lui, les coudes de part et d'autre de son visage, ses grands yeux verts plongés dans les siens.

— Je ne sais pas comment te dire combien je suis désolée. J'ai été lâche. Ce jour-là… Le refus de mon père et la confrontation avec Sophia…

Elle déposa un baiser sur le bout de son nez.

— C'était la confirmation que j'attendais. Tu m'as menti,

donc j'ai pris mes jambes à mon cou. Je ne t'ai pas laissé le temps de t'expliquer et je le regretterai toute ma vie. Je n'ai pas d'excuse ; j'étais simplement terrifiée. La plupart des gens que j'ai aimés m'ont rejetée. Mon père, ma mère ne voulaient pas de moi… Comment pouvais-je croire que tu voulais me garder près de toi ?

Elle ferma les yeux une seconde, puis abaissa encore son pantalon et son caleçon, délivrant son érection.

— Tu te souviens de notre dernier matin, avant que tu partes en Toscane ? Tu m'as embrassée et tu as dit que tu voulais me parler à ton retour. Après avoir rencontré Sophia, je pensais que tu comptais m'annoncer tes fiançailles et me quitter. Je suis partie avant que tu ne m'abandonnes.

— Je voulais te dire la vérité, souffla-t-il, les yeux brûlants de douleur et de sincérité. Et ensuite je voulais te demander de m'épouser.

Le menton d'Orla trembla. Une larme roula sur sa joue et tomba sur la sienne.

— Je suis désolée, Tonino. Je suis désolée d'avoir mis si longtemps à comprendre ce que j'éprouvais pour toi. Si je n'avais pas été aussi lâche, tu aurais été là pendant ma grossesse, tu aurais connu Finn dès sa naissance. Tout aurait été si différent… Je n'aurais pas eu d'accident…

— Hé.

Il attrapa ses poignets et, avant qu'elle ne puisse protester, la fit basculer sous lui d'un mouvement fluide.

— Arrête de t'en vouloir. Ce n'était pas ta faute.

Les larmes glissaient sur ses tempes.

— J'étais en route pour te rejoindre.

— Quoi ?

— Ce jour-là. Le jour de l'accident. J'étais partie pour l'aéroport. Je voulais te retrouver. Je voulais te parler du bébé et te dire…

— Me dire quoi ? chuchota-t-il, le cœur battant.

Elle déglutit mais ne détourna pas son regard du sien.

— Que je n'avais connu le vrai bonheur qu'avec toi. Je t'aime. Je t'aimais déjà il y a quatre ans et je t'aime aujourd'hui. Je veux t'épouser, Tonino. Pas pour le bien de Finn, mais pour moi, parce que vivre sans toi est un supplice. Je suis perdue. Je suis perdue et je te cherche depuis des années. Je t'aime et, si tu m'aimes aussi et que tu vois toujours un futur avec moi, je suis prête à me battre pour le construire. Prête à me battre pour toi, pour nous. Je t'aime.

Enfin soulagée par son aveu, elle scruta son beau visage. Il lui offrit un sourire sublime et cligna des yeux pour arrêter les larmes qui brillaient dans ses yeux sombres.

— Orla O'Reilly…

Il ferma les paupières et l'embrassa avec révérence.

— Mon amour, j'ai prié pour t'entendre dire ces mots-là pendant des mois. Nous sommes tous les deux responsables de ce qui s'est passé il y a quatre ans, je crois. J'aurais dû te dire la vérité, mais j'avais peur que tu changes de comportement à mon égard. Je n'aurais jamais cru pouvoir partager quelque chose de si merveilleux avec qui que ce soit, et quand tu es partie une ombre est tombée sur ma vie. Je ne pouvais pas m'attacher à quelqu'un d'autre. Tu avais pris mon cœur avec toi.

Étranglée par la force de ses émotions, elle pressa sa bouche contre la sienne. Elle avait besoin de lui tout contre elle, de son souffle sur ses lèvres, de la chaleur de ses caresses sur sa peau. Et, dans la ferveur de leur tendre baiser, il se débarrassa de son pantalon et se cala entre ses cuisses. Une extase indicible se répandit dans ses veines lorsqu'il s'enfonça lentement en elle.

— Je t'aime, Orla, murmura-t-il d'une voix rauque en se retirant. Je suis tombé amoureux de toi si vite que je ne l'ai compris que trop tard. J'ai essayé de t'oublier, mais c'était impossible. Tu étais dans mon cœur et dans ma tête, et tu ne les as jamais quittés. Mon amour est à toi, pour toujours.

D'un coup de reins, il la pénétra profondément.

Orla referma étroitement ses bras sur sa nuque, ses jambes sur sa taille, et captura sa bouche dans un baiser brûlant. Submergée par les sensations enivrantes de son désir, frémissante d'un bonheur ineffable, elle atteignit l'extase dans le plus parfait des abandons, le cœur épanoui comme une fleur ouverte.

Épilogue

Orla, devant les portes de l'église de Bally House, leva les yeux vers le ciel radieux et sourit largement.

— Merci, murmura-t-elle à l'ange gardien qui avait bien voulu accorder à l'île d'Émeraude un si beau soleil pour la plus précieuse des journées.

Sa sœur l'inspecta une dernière fois avant qu'un immense sourire éclaire son visage ému.

— Tu es magnifique, souffla-t-elle, les larmes aux yeux.

Orla lui donna un petit coup de coude.

— Eh, arrête ça. Tu vas me faire pleurer.

Aislin renifla et cligna furieusement des paupières.

— Je suis désolée, c'est les hormones.

Dante, qui attendait derrière elles, toussota élégamment.

— Ne fais pas le malin, jeune homme, riposta Aislin. Si je suis dans cet état, c'est ta faute.

Peine perdue : si Dante avait été un paon, il aurait sûrement fait la roue. Amusée, Orla leva les yeux au ciel. Bien sûr, Dante était fier d'attendre déjà un deuxième bébé ; mais elle comprenait sa sœur, puisque son propre ventre avait des airs de ballon de baudruche. Le destin avait un sens de l'humour particulier : elle avait découvert qu'elle était enceinte le jour suivant l'envoi de leurs invitations de mariage. Voilà qui leur apprendrait à ne pas utiliser de contraception. Elle ne savait pas qui s'était montré plus extatique en apprenant la nouvelle : elle, Tonino ou Finn.

— Alors, tu m'emmènes jusqu'à l'autel, oui ou non ?

Son frère éclata de rire et lui prit le bras. Avec un gloussement, Aislin aida Finn à se redresser. Elle lui tiendrait la main pour l'aider à remonter l'allée derrière sa maman. Il était déterminé à porter les alliances pour ses parents.

Giulia, la sœur de Tonino, et quatre de ses neveux et nièces s'étaient placés derrière la traîne de la mariée. Dans l'église, l'orgue entonna la marche nuptiale.

Un frémissement d'excitation et d'admiration parcourut les deux cents invités, siciliens et irlandais. Ils se tournèrent à l'unisson vers la mariée. Au bout de l'allée, près de l'autel, Tonino l'attendait. Son frère avait pris place à ses côtés. Le premier rang était occupé par ses parents et ses trois grands-parents. De l'autre côté, la mère de Dante et son nouveau mari lui sourirent. Étonnamment, Orla avait tissé des liens profonds avec la femme que sa naissance avait tant fait souffrir. Le bébé d'Aislin et Dante, Sal, était debout sur les genoux de sa grand-mère. En le voyant baver sur les cheveux savamment crêpés d'Immacolata, Orla dut se mordre les joues pour ne pas rire.

Dans la chapelle, sous la chaleur de leurs regards réjouis, son cœur irradia dans sa poitrine, et elle ravala ses larmes avec peine. Le jour était venu.

Aujourd'hui, Tonino et elle juraient de passer leur vie ensemble, et, alors qu'elle récitait les vœux qui l'attacheraient à lui pour toujours, elle lut la promesse qu'elle attendait dans ses beaux yeux chocolat.

Plus rien ne viendrait jamais les séparer.

Vous avez aimé *Le fils caché d'un Sicilien* ?
Retrouvez en numérique l'histoire de Dante et d'Aislin,
dans *Une candidate trop parfaite*.
Un roman signé Michelle Smart.

Retrouvez en octobre 2020,
dans votre collection

AZUR

Mensonge et mariage, de Millie Adams - N°4257

« Tu dois m'épouser. » Les mots de Dante Fiori hantent Minerva… Si le milliardaire italien exige qu'ils convolent, ce n'est pas qu'il se meure d'amour pour elle. Non, Dante cherche uniquement à donner un sens à la mascarade dans laquelle elle l'a entraîné, malgré lui. Comment lui en vouloir ? Jamais elle n'aurait dû déclarer à toute sa famille que Dante était le père de son bébé. Or, acculée par les circonstances, Minerva a cédé à la panique. Et aujourd'hui, Dante va lui faire payer son mensonge par cette union de convenance…

L'enfant du maharadjah, de Lynne Graham - N°4258

Lorsqu'elle s'est retrouvée enceinte du prince Jai Singh, Willow a préféré garder le secret, sachant le gouffre qui les séparait tous les deux. Or, aujourd'hui que le maharadjah a découvert l'existence de leur fils, son monde vacille. Parce qu'il veut faire du petit Hari son héritier, Jai exige qu'elle l'épouse sur-le-champ et l'accompagne en Inde. Bientôt, dans ce palais doré et opulent où elle n'a pas sa place, Willow doit faire face à l'autorité de son nouvel époux, mais aussi au désir dévastateur qu'elle éprouve encore pour lui…

Le seigneur des dunes, de Jackie Ashenden - N°4259

Alors qu'elle effectue des fouilles archéologiques, Charlotte se perd, sous le soleil ardent du désert. Si elle est secourue par le cheikh Tariq, son répit est de courte durée, hélas. Le redoutable seigneur de guerre, non content de faire d'elle sa prisonnière, lui demande bientôt de l'épouser ! Tariq a en effet besoin de produire un héritier et, pour une raison mystérieuse, il a décidé qu'elle serait une reine parfaite pour lui… Or, bien qu'elle ait toutes les raisons d'être révoltée, Charlotte éprouve peu à peu des sentiments bien trop dangereux pour Tariq…

**La tentation d'une princesse,
d'Andrea Bolter - N°4260**

D'ici trois semaines, la princesse Luciana devra se soumettre à un mariage forcé avec un roi qu'elle déteste. Désespérée, elle décide d'échapper quelque temps à ses obligations en réalisant un rêve : visiter Florence. Or ce voyage incognito la plonge vite dans l'angoisse de l'inconnu. Du moins, jusqu'à sa rencontre avec Giovanni Grassi, un Italien qui la séduit d'un seul regard… tout en ignorant son identité. Grisée par cette rencontre inattendue, Luciana est peu à peu envahie par des sentiments pour Giovanni. Des sentiments au goût d'interdit…

Une nuit avec son patron, de Jennie Lucas - N°4261

Une nuit, une seule, dans les bras de son patron – et voilà que Hana se découvre enceinte ! Bouleversée, elle choisit à l'occasion d'un voyage d'affaires à Tokyo de partager cette nouvelle avec Antonio Delacruz. Certes, elle ne s'attendait pas à ce qu'il se réjouisse, alors qu'il ne devait s'agir entre eux que d'une aventure sans lendemain, mais la réaction de l'homme d'affaires lui glace le cœur. Non seulement il ne la croit pas quand elle affirme qu'il est le père de son enfant mais, pire encore, il la licencie aussitôt…

Un redoutable amant, de Pippa Roscoe - N°4262

Sauvage. Torturé. La réputation de Matthieu est tristement célèbre – à sa grande satisfaction. Son pouvoir, il le tient de sa richesse et de la crainte qu'il inspire autour de lui. Sur ses gardes, il ne laisse personne voir au-delà de l'armure qu'il s'est forgée. Jusqu'à sa rencontre avec la douce Maria Rohan de Luen, par une nuit étoilée au bord d'un lac. Alors qu'ils ne sont que des inconnus l'un pour l'autre, la belle l'émeut étrangement. Au point que Matthieu laisse rugir le désir que Maria lui inspire, durant quelques heures aussi magiques que voluptueuses. Mais cette perte de contrôle inattendue a des conséquences, Matthieu ne tarde pas à le découvrir…

Surprise pour une héritière,
de Susan Meier - N°4263

SÉRIE : *LES HÉRITIERS DE MANHATTAN* - 3/3

Enceinte d'un homme qu'elle n'aime pas. Le verdict vient de tomber sur Sabrina McCallan, riche héritière de New York. Bouleversée, elle se confie à Trent, le meilleur ami de son frère – très protecteur envers elle. S'il ne lui cache pas sa déception de la savoir dans une telle situation, celui-ci lui propose aussitôt son aide… et son jet privé ! Ensemble, les voilà bientôt partis à travers toute l'Europe, en quête du père du bébé, qui s'est volatilisé. Un long voyage qui, très vite, attise le désir qui brûle entre eux depuis des années, sans que ni l'un ni l'autre n'aient jamais osé y céder. Du moins, jusqu'à présent…

L'épouse d'Alejandro Sabato,
de Sharon Kendrick - N°4264

SÉRIE : *MILLIARDAIRES ARGENTINS* - 1/2

De passage en Argentine, Emily est émue de retrouver la terre où elle a grandi… et Alejandro Sabato. Autrefois, elle était folle amoureuse de ce garçon qui respirait la liberté et passait sa vie à cheval. Le découvrir plus beau encore que dans ses souvenirs la bouleverse au plus haut point, mais Emily n'est pas au bout de ses surprises ! Non seulement Alejandro lui demande de l'aider à se débarrasser de la réputation de play-boy qui lui colle à la peau, mais surtout il lui propose pour cela… de l'épouser !

Séduction cubaine, de Louise Fuller - N°4265

SÉRIE : *PASSION AU PARADIS* - 5/6

Cuba. C'est ici que Kitty a posé ses valises pour démarrer une nouvelle vie, loin de ses souvenirs douloureux. Grisée par la splendeur du paysage et l'atmosphère chaleureuse du pays, elle abandonne sa réserve habituelle pour s'offrir une nuit de délices dans les bras d'un homme sublime. Un homme qui n'est autre que César Zayas y Diago, son redoutable et tout-puissant patron ! Alors qu'elle prend la mesure de la folie qu'elle vient de commettre, Kitty se découvre enceinte…

La vengeance d'une nuit de noces, de Michelle Smart - N°4266

Helena n'en revient pas. Le client mystère pour lequel elle travaille depuis des mois n'est autre que Theo Nikolaidis, son ex-fiancé. Cet homme, elle l'a abandonné le jour même de leurs noces, craignant que l'autorité naturelle de celui-ci ne bride à jamais sa liberté. Or il semble résolu à lui faire payer sa désertion et il a trouvé pour cela l'arme fatale : la séduction. Contrainte de séjourner auprès de Theo sur l'île grecque où ils se sont follement aimés, Helena sent renaître pour lui un désir aussi irrépressible que dangereux…

Un mystérieux fiancé, de Maisey Yates - N°4267

Jada se sent submergée par le désespoir : le père de sa fille adoptive, jusque-là inconnu, vient de refaire surface. Pire, il a obtenu la garde de l'enfant ! Hors de question de laisser sa précieuse Leena entre les mains de cet étranger à la beauté glaciale et au passé trouble, de cet homme qui vit reclus dans un immense palais sans âme. Alors, quand Alik Vasin lui offre de l'épouser pour faire d'elle la mère – et la nourrice – de Leena, Jada accepte sans hésiter, malgré la colère que lui inspire cette odieuse proposition. Pour rester au côté de son enfant chérie, elle est capable de bien plus encore que de supporter cet homme froid et impitoyable dont chaque regard éveille en elle un trouble inconnu…

Composé et édité par HarperCollins France.

Achevé d'imprimer en août 2020.

CPi
BLACK PRINT

Barcelone

Dépôt légal : septembre 2020.

FSC
www.fsc.org
MIXTE
Papier issu de
sources responsables
FSC® C108412

Pour limiter l'empreinte environnementale de ses livres, HarperCollins France s'engage à n'utiliser que du papier fabriqué à partir de bois provenant de forêts gérées durablement et de manière responsable.

Imprimé en Espagne.

OFFRE DÉCOUVERTE !

Vous souhaitez découvrir nos collections ? Recevez **votre 1er colis gratuit*** **avec 2 cadeaux surprises !** Une fois votre colis de bienvenue reçu, si vous souhaitez continuer à recevoir nos livres, cela se fera automatiquement. Vous recevrez alors vos livres inédits** en avant-première.

Vous n'avez aucune obligation d'achat et cette offre est sans engagement de durée !

*1 livre offert + 2 cadeaux / 2 livres offerts pour la collection Azur + 2 cadeaux. Les collections Gentlemen et Aliénor démarrent avec le 1er colis payant.
**Les livres Ispahan, Sagas, Best-Sellers Féminins, Gentlemen et Hors-Série sont des réédités.

☛ COCHEZ la collection choisie et renvoyez cette page au
Service Lectrices Harlequin – CS 20008 – 59718 Lille Cedex 9 – France

Collections	Références	Prix colis*
❑ **AZUR**	Z0ZFA6	6 livres par mois 28,79€
❑ **BLANCHE**	B0ZFA3	3 livres par mois 23,65€
❑ **LES HISTORIQUES**	H0ZFA2	2 livres par mois 16,59€
❑ **ISPAHAN**	Y0ZFA3	3 livres tous les 2 mois 23,35€
❑ **PASSIONS**	R0ZFA3	3 livres par mois 25,09€
❑ **SAGAS**	N0ZFA3	3 livres tous les 2 mois 27,66€
❑ **BLACK ROSE**	I0ZFA3	3 livres par mois 25,09€
❑ **VICTORIA**	V0ZFA3	3 livres tous les 2 mois 25,69€
❑ **GENTLEMEN**	G0ZFA2	2 livres tous les 2 mois 17,35€
❑ **BEST-SELLERS FÉMININS**	E0ZFA2	2 livres tous les 2 mois 18,75€
❑ **ALIÉNOR**	A0ZFA2	2 livres tous les 2 mois 17,35€
❑ **HORS-SÉRIE**	C0ZFA2	2 livres tous les 2 mois 17,35€

N° d'abonnée Harlequin (si vous en avez un) ____________

Mme ❑ Mlle ❑ Nom : ____________

Prénom : ____________ Adresse : ____________

____

Code Postal : ______ Ville : ____________

Pays : ____________ Tél. : ____________

E-mail : ____________

Date de naissance : ____________

❑ Oui, je souhaite recevoir par e-mail les offres promotionnelles des éditions Harlequin.
❑ Oui, je souhaite recevoir par e-mail les offres promotionnelles des partenaires des éditions Harlequin.

Date limite : 31 décembre 2020. Vous recevrez votre colis environ 20 jours après réception de ce bon. Offre soumise à acceptation et réservée aux personnes majeures, résidant en France métropolitaine, dans la limite des stocks disponibles. Prix susceptibles de modification en cours d'année. Vous pouvez demander à accéder à vos données personnelles, à les rectifier ou à les effacer. Il vous suffit de nous écrire en nous indiquant vos nom, prénom et adresse à : Service Lectrices Harlequin CS 20008 59718 LILLE Cedex 9. Service Lectrices disponible du lundi au vendredi de 8h à 18h : 01 45 82 47 47.

Harlequin® est une marque déposée du groupe HarperCollins France – 83/85, Bd Vincent Auriol – 75646 Paris cedex 13. SA au capital de 3 120 000€ – R.C. Paris. Siret 31867159100069/APE5811Z.